明日に架ける道

崖っぷち町役場

川崎草志

祥伝社文庫

目次

第一話　十七本目の鍵

「行ってきます」

スクーターのキーを捻《ひね》ると、小気味よいエンジンの音が朝の澄《す》んだ空気を揺らした。

「結衣《ゆい》ちゃん、気をつけて行ってきなはいや」

玄関まで見送りに来てくれたお祖母《ばあ》ちゃんが手を振るのに小さく頷《うなず》いて応《こた》えると、私はヘルメットを被《かぶ》ってアクセルを開け、門を出た。

愛媛県松山《まつやま》市の高校を卒業後に親元を離れ、お祖母ちゃんが住む南予町《なんよちょう》の町役場に就職して三年。この春から四年目が始まる。就職したての頃は、心配して毎日長電話をかけてきた両親も、最近はスマホのメッセージアプリで「元気？」と送ってくるだけになった。毎日「元気だよ」とだけ返している。実際、雨の日も晴れの日も休まずに、このスクーターで役所に通っている。まあ、愛媛県南部にある南予町は、一年を通じて温暖なんだけどね。

県道に出る時に一時停車すると、向かいの歩道を近所のおじさんが歩いていた。

「おはようございます！」

「ああ、沢井《さわい》さんとこの結衣ちゃん。おはよう」

四年目ともなると、南予町の人たちとはすっかり顔馴染《かおなじ》みだ。当初は「はて、見かけない顔だな？」と怪訝《けげん》そうにしていた人とも、ずいぶん仲良くなった。

もっとも私のほうは、子どもの頃から長期休暇のたびにお祖母ちゃんの家に遊びにきていたから、その頃から知っている人も多い。

「暖かくなりましたね」

「そうだな」

おじさんは、県道に出る私に手を振ってくれた。

三月に入ってから、ずいぶん暖かい日が続いている。そうなると楽しみなのは桜の開花だ。南予町では川の土手はもちろん、農業用の貯水池の畔《ほとり》にも、学校の校庭にも、そして、今は人が通わなくなった山の中の古道にも、見渡す限り桜が咲き誇る。そろそろ開花し始めているので、来週末あたり、見頃かも。

穏《おだ》やかな気候に、親切な住人たち。南予町は本当にいい所だ。

いい所なんだけどなあ……。

実は南予町は、五年ほど前に民間の政策提言組織が出した「消滅可能性都市」ランキングで、なんとリストのトップクラスに挙《あ》げられているのだ。

リストが発表された当時、町役場の職員たちはかなり動揺したらしい。かねてより南予町の町おこしのために尽力《じんりょく》されていた前町長も、激務のせいか、急な病《やまい》で亡くなってしまった。

その前町長の肝煎《きもい》りで設置されたのが、私が今所属している推進室という部署だ。

この推進室、何を『推進』するのか、設立した前町長が明確に定める前に亡くなってしまった。そのためすぐにお取り潰《つぶ》しになるかと思われていたが、町で起こったさまざまなトラブルを北室《きた》長や臨時職員の一ツ木《ひとつぎ》さんが意外にも素早く処理したことでなんとか存続し、今では町役場の『便利屋さん』という位置づけにある。

前町長は推進室に南予町の再建を託《たく》したのではないかとも噂《うわさ》されているが、実際のところは判《わか》らない。一ツ木さんは「人口獲得戦争に勝って生き残るため」だと言って憚《はばか》らないし、北室長は「南予町の終わりを見届けるため」に仕事をしているふしがある。そして、前町長がなぜ私を推進室に異動させたのか、その真意も判らずじまいだ。

かつて一ツ木さんは私に、北室長や一ツ木さんとは別の「第三の道を模索《もさく》できるとお考えになったのでは」と言ってくれたことがあるが、買い被《かぶ》りじゃないかな。前町長とはほとんど話をしたこともないし、辞令が下りた時にはまだ一年目のひよっこだった。

前町長の優しそうな笑顔と、亡くなる前の憔悴《しょうすい》した姿を思い出し、私の気分は少し落ち込んだ。

いやいや。

私が落ち込んでいても意味がない。前町長のために、少しずつでもがんばらないとね。

私は駐輪場にスクーターを停《と》め、通い慣れた町役場を見上げた。コンクリートの壁はすっかり時代がかって、ところどころひび割れかけている。

この町役場は、もう五十年近く前、南予町の人口が一番多かった時代に建てられた鉄筋三階建ての立派な建物だ。人口減少のため役場の職員数自体が減ってしまった今、いくつも空き部屋を持て余している。私たち女子職員が利用するにはずいぶんと広いロッカールームは、そんな空き部屋の一つを割り当てられたものだ。

私は防寒用の上着を脱ぐと、ロッカールームを出た。

すれ違う職員たちともすっかり顔馴染みだ。

いつもと同じ業務の始まり。

なにも変わらないなあ。

推進室に向かう途中で、ちょっと総務課に寄ることにした。

「おはようございます」

始業十分前には席につくのが日課の矢野《やの》総務課長に挨拶《あいさつ》した。

「おはよう」

机に向かっていた矢野総務課長が顔を上げ、いつもの笑みで応えてくださる。

私は、壁際に置かれた二台の大型モニターに目を向けた。画面にはそれぞれ、神奈川県大師《だいし》市、そして長野県更級《さらしな》市の危機管理室の様子が、リアルタイムで中継されている。この二都市とは、大規模災害が起こった場合に、被災した自治体に職員を送るという災害派遣協定が結ばれているのだ。

大師市に繋《つな》がっているモニターには、私の一年後輩である兵頭《ひょうどう》君が映っていた。兵頭君は昨年から、大師市の危機管理室に出向している。

高校時代は野球部のエースで、甲子園《こうしえん》出場まであと一歩というところまで行った兵頭君は、怪我《けが》に泣いて残念ながら野球をやめざるをえなくなってしまった。それでも挫折《ざせつ》することなく、町役場に入ってからは住民のために一所懸命《いっしょけんめい》に働いているのだから立派だ。

「おはよう」

私は、モニターに向かって声をかけた。

兵頭君が顔を上げて、こちらを見た。

『おはようございます、沢井先輩』

うーん。

先輩と呼ばれるのはまだ慣れないなあ。

「元気？」

『元気ですよ！　勉強することがいっぱいあって大変ですが』

兵頭君、がんばっているんだな。私もがんばらないと。

モニターに大師市の危機管理室室長が顔を覗《のぞ》かせた。

『よう。沢井さんも毎日元気だねえ』

室長さんと直接お会いしたことはない。

でも、モニター越しに挨拶しているうちに、ずいぶんと親しくなれたような気がする。

次々に出勤してきた総務課の人たちも、「おはようございます」と兵頭君や室長さんとの会話に加わってきた。

みんな楽しそうだ。

今でこそすっかり当たり前のものとなっているこのモニターだが、設置するにあたっては「個人のプライバシーが」とか「仕事中の姿をずっと撮られるのは」と、反対の声もあった。それでもいざ設置してみると、大師市や更級市の職員さんたちとも仲良くなれたし、「総務課が広くなったみたい」とみんな喜んでくれている。

そうだよね。

ここに映っている人たちは、もし南予町が災害に見舞われたら、全力で助けてくれる人たちだ。そう思うと頼もしいし、安心できる。

私が入った時と何も変わらないようでいて、町役場の中身は少しずつ変わっているんだな。

ほっこりした気持ちで総務課を出た私の背後から、いきなり「やあやあ、おはよう！」と声がかけられた。

ああ……変わらない人がいたよ……。

振り返ると、ピンク色のスーツを着た本倉《もとくら》町長が、ニコニコと笑っていた。

いつも通り、本倉町長は元気一杯だ……というか、今朝はまた一段とお元気そうだ。

「おはようございます。……あの、どうかなさいましたか」

「振り込まれたよ、私が取ってきた例の補助金！」

「えっ」私はちょっと驚いた。「本当に貰《もら》えたんですか」

「本当って……、沢井さん、疑っていたの？」

「いえ、そういう訳では……」

私は慌《あわ》てて手を振った。

実は国から、一億七五〇〇万円もの補助金が貰えることになっていたのだ。

南予町は一市四町から成《な》る広域行政組合に加盟している。昨年、その五つの自治体の長に、総務省からお呼びが掛かった。なんでも人口減少問題に関してのヒアリングだったらしい。

その後、うちを含め九つの広域行政組合が、国の定める『町おこし・地方の人口対策のモデル地域』なるものに選ばれた。その活動予算として、それぞれの自治体に、一億七五〇〇万円もの補助金が出ることになった。

もちろん、それが国会で承認された正式な補助金であることは私も知っている。

しかし、本倉町長が「私が取ってきた補助金」とか触れ回るものだから、つい半信半疑になってしまっていただけだ。

本倉町長、人はいいんだけどね……。

でも、行政手腕に関してはなあ……。

『町おこし』をキャッチフレーズに町長選を戦ったはいいものの、就任《しゅうにん》後、町長が発表する案はどれも「これはないなー」っていうものだった。最初に提案されたのは、町長自《みずか》ら考案したゆるキャラ……全国の人気投票で、ずーっと底辺をうろうろしている。

以来、やることなすこと、みんなズレているというか何というか……本倉町長のことを、職員たちは陰《かげ》で『ぼんくら町長』って呼んでいる。いろいろと迷惑をかけたらしい知事にも、電話で「ぼんくら！」って怒られていたし。

人柄は本当にいいんだけどなあ。町長さえやってなければ……。

「本当に南予町に一億七五〇〇万円も……ですか……」

本倉町長は指でVサインを作った。

「そう。もちろん、南予町の予算総額はずっと多い。とはいえ、特別会計はもちろんのこと、一般会計だって、民生費、消防費、教育費、公債費等々、使い道は決まっていて、自由になるお金なんてほとんどない。そこに一億七五〇〇万円だよ！」

本倉町長の鼻息は荒い。

気持ちは判る。さっき見た総務課のモニターすら、買うのはものすごく大変だったのだ。

「まあ、地方の経済対策を兼ねているからか、審議の途中で、補助金は単年度で使いきらないといけないとか、単一の事業に集中して使うこととか、異例の条件はついた。しかしそれは逆に一発、大きなことができるということだ。おっと、こんな所で立ち話している場合じゃない！　総務課のみんなにも伝えないと！」

本倉町長は勢いよく総務課のドアを開けた。

総務課のみんなにも？

本倉町長、全部署に触れて回る気じゃないでしょうね。

いや、やっぱりなさるだろうな、本倉町長だし。

本倉町長と立ち話をしたおかげで遅刻しそうになった私は、小走りで推進室へと向かった。

「おはようございます」

「はい、おはようございます」

室長の北さんが、いつもの狸《たぬき》顔でにっこり微笑《ほほえ》んだ。

北耕太郎《こうたろう》さんは地元の高校を卒業後、町役場に入ったベテラン職員で、三年ほど前の設立当初から、推進室の室長を務《つと》めている。奥さんは地元の小さな食品工場で、息子さんは近所の工場でそれぞれ働きながら、三人で農業も営《いとな》んでいる。いわゆる兼業《けんぎょう》農家ってことになる。

私が推進室に配属された二年前、このおじさんに対する私の第一印象は「狸」だった。といっても、人に騙《だま》されるお人好《ひとよ》しの狸ね。ただし、二年間ともに働いた今では、時々人を化《ば》かす方の狸にもなるんじゃないかって思っている。

「3八金」

私の挨拶にも応えずぶっきらぼうにそう言ったのは、一ツ木幸士《こうじ》さん。

一ツ木さんと北室長は、相も変わらず今朝も将棋を指していた。机の上の将棋盤を覗き込んで唸《うな》っているのはもっぱら北室長で、一ツ木さんは自分の席で何やら難しそうな外国語の本を読みながら、頭の中で将棋の駒を動かしているのだ。北室長は言われた通り一ツ木さんの金将を3八のマスに移動させ、腕を組んでやっぱり唸っている。

前町長に抜擢《ばつてき》されて臨時職員として迎えられただけあって、一ツ木さんは頭がいい。鋭《するど》い推理で、これまでいくつもの謎《なぞ》を解決するところを目の当《ま》たりにしてきた。見ようによっては、長身でイケメンと言えなくもない。

ただ、人柄がなあ……。私は、ここに配属されてたったの数日で、一ツ木さんが『変人で傲慢《ごうまん》で傍若無人《ぼうじやくぶじん》で面倒くさがり』だと身に染みて判っちゃった。

お祖母ちゃんは、一ツ木さんのことを「良い子」だとか言ってたが、一ツ木さんのどこを見て、そんなこと思ったのだろう。

「二人とものんびり将棋なんか指してますが、補助金のこと聞きました?」

私が水を向けると、一ツ木さんがちらりと顔を上げた。

「振り込まれたらしいね」一ツ木さんはフンと鼻を鳴らす。「国が南予町を潰しにかかってきたのは判ってるが、それにしても、展開が早い。しかも狡猾《こうかつ》だ」

私は一ツ木さんの言葉に驚いた。「国と田舎《いなか》が戦争になる」というのは、一ツ木さんが時折展開する持論だが、二年経《た》ってもなお、今ひとつ理解できないでいる。

「あのう、国はこの周辺の各自治体に、一億七五〇〇万円もくださるんですよ。むしろ、本気で人口減少をなんとかしたいと思っているんじゃないですか」

「沢井さんは、その一億七五〇〇万円という数字自体に込められた国の皮肉も判らないのか」

一ツ木さんはやれやれというように首を振った。

「皮肉？　どういうことですか？」

だが、一ツ木さんは私の質問には答えてくれない。

その代わり、一ツ木さんは「しかし、それを逆手《さかて》にとって反撃できることもある」とニヤリと笑った。

おかしいなあ。

実は一ツ木さん、昨年、東京から帰ってきた本倉町長が「補助金の約束を取りつけてきた。この私がね」って町役場中に吹聴《ふいちょう》して回ったその翌日には、分厚いファイルを北室長に提出するほど乗り気だったのだ。それは一ツ木さんが考案した『町おこし』計画書だった。

計画書の主眼は、商店街の再開発と、町のあちこちにある空き家・廃屋《はいおく》の撤去《てっきょ》にあった。特に空き家・廃屋に関しては、予算割り当ての優先順位まで記載されていた。ファイルの分厚さと内容の緻密《ちみつ》さから考えて、補助金の話が出る前からずっと温めていた腹案だろう。ただ、一ッ木さんにしてはちょっとありきたりな感じがして、私にはちょっと不思議な気がした。一ッ木さんに一億七五〇〇万円もの大金を任せたら、もっとすごいことに使うんじゃないかと思っていたからだ。

もう一つ不思議なのは、最初あんなに熱心だった一ッ木さんが、国会審議が進むにしたがって急速に興味をなくしたように見えたことだ。一ッ木さんって、『変人で傲慢で傍若無人で面倒くさがり』だけど、一度手を出しておきながら、途中でほっぽり出すような人じゃないのに。

何かちぐはぐな感じがする。

私は、机の引き出しにしまっていたファイルを取り出した。一ッ木さんが提出した計画のコピーだ。

うーん。

空き家・廃屋……法律的には『特定空き家』って呼ぶらしいが、最近は都会でも問題になっているようだ。もちろん南予町のような田舎では、かなり深刻な事態になっている。

廃屋は、いつの間にか不審者が住みついたり、アライグマなどの特定外来生物の棲《す》みかになったり、粗大《そだい》ゴミの捨て場になったり、酷《ひど》い場合は倒壊《とうかい》して通行人を巻き込んだりするおそれがある。

役所としてはまず、空き家の所有者に対して撤去を求めていくのだが、取り壊すにしてもかなりの費用がかかる。さらに、所有者が死亡して相続人が多かったりすると、相続人捜しや相続手続きの助言などに、ものすごい手間が掛かる。

確かに対策が必要な課題かもしれないが、面倒くさがりの一ツ木さんがやりたがる仕事だとも思えない。ファイルをパラパラとめくってみると、やっぱり一ツ木さんらしくない『普通』が気になる。

その時、ふと、何か変な感じがした。

何だろ、この違和感。

ちょうど私が開いていたのは、優先的に再開発、再利用すべき物件のリストだった。どう最優先とされている空き家の住所を、私の頭に描いた南予町の地図に重ねてみる。どうやら、優先順位に偏《かたよ》りがあるような気がした。

最優先で再開発すべきなのは、商店街……これは判る。ところがその次に、幹線道路沿いの物件が挙げられている。

どういうことだろう。地震が起こった時に、倒壊して道を塞《ふさ》ぐことのないようにという考えからかな？

いや、それだけだったら説明がつかない箇所《かしょ》がある。

一ツ木さんに直接聞く方法もあるが、一ツ木さんはまともに答えてくれるような人じゃない。特に最近は、この計画について話すと、すごく機嫌《きげん》が悪くなる。

空き家・廃屋の問題を考えているうちに、ふと思い出した。

「そういえば北さん、萩森《はぎもり》さんがいらっしゃるんじゃなかったですか」

北室長は将棋盤から顔を上げ、にこにこと頷いた。

「はい。お昼前にはいらっしゃる予定です」

萩森創哉《そうや》さんは今日、はるばる東京から、この南予町推進室に来ることになっていた。

生まれも育ちも東京のど真ん中という萩森さんだが、祖父母の家が南予町にある。

十五年前、萩森さんの祖父母が相次《あいつ》いでお亡くなりになると、その家は大阪に移っていた萩森さんの伯父《おじ》さんが継いだはずだった。ところが継いだのは名義だけでろくな管理をせず、その伯父さん自身も、数年前に亡くなっていた。以来、誰も相続したがらず、中には住所の判らない親族もいて、所有権は宙に浮いていた。

まあ、都会じゃ珍しいトラブルかもしれないが、田舎だと、空き家なんて売ろうにも売れないし、固定資産税を払わないといけないしで、揉《も》めることが多いのだ。

幸《さいわ》いなことにこの物件に関しては、最近、一ツ木さんの調査によって、相続人全員の連絡先が判明していた。そして北室長が電話でいろいろと働きかけた甲斐《かい》あって、東京に住む萩森創哉さんが、空き家を視察したいと手を挙げてくれたらしい。

推進室としては、空き家を視察に来る萩森さんを丁重《ていちょう》に迎えて、なんとか撤去費用を出して貰えるよう説得しなくてはならない。これはかなり難題だろう。

「北さん、萩森さんに会ったことがあるんですか」

「萩森さんが子どもの頃に何度か。聡明で明るく良い子でしたよ。今は、三十手前のはずです。最後に会ったのが二十年近く前なので、あちらは覚えてないでしょうが。成長した姿を見られるかと思うと楽しみです」

「僕は遠慮するよ。僕の計画は駄目になったから、代案を出さないといけない」

「駄目になった？」

「空き家・廃屋対策は一年でできるものじゃない。補助金は一年で使い切らないといけないから基金を作ることもできない。国と南予町の戦争、先手を取られた」

「あのう、一億七五〇〇万もくださったのに『戦争』ですか？」

一ツ木さんが呟いた。

「そうだよ。南予町が……というか、全国の市町村の大半が消されるかどうかの戦争だ」

「はあ……」

一ツ木さんは席から立ち上がった。

「ともかく、北さん、調査に行くので、役場の公用車一台、貸してもらいます。あと……」一ツ木さんは、北室長の机の上の将棋盤を顎《あご》で示した。「多分、北さんは『同角』と打つつもりでしょうが、それだとあと三手で詰みです」

「詰みますか」

北室長は、将棋盤を覗き込んだ。

「詰みます。北さんは、盤上の状況の変化に素早く対応する力を磨《みが》かないと、僕には勝てません」

そう言うと、一ツ木さんはさっさと推進室から出ていってしまった。

入れ替わりに、本倉町長が入ってきた。

「やあやあ」

ああ、やっぱり推進室にも来ちゃったよ……。自慢しに……。

「沢井さんには言ったけど、北さんにも報告したくてね。私が取ってきた補助金、入金されたよ！」

「それは、おめでたいことです」

北室長もとっくに知っていたことだが、そこは大人の対応ということで、感心したように頷いてみせている。

「そこで、さっき思いついたのだがね、この補助金を使って南予町を『心霊の里』として売り出すというのはどうだろう」

はあ？

私は、本倉町長の言葉にとまどった。

北室長も、目をぱちくりさせている。

「心霊の里とおっしゃいますと？」

「町おこしをするためには、その地域にある資産を生かすのが一番だと聞いたことがある。それで、南予町にある資産は何だろうとずっと考えていたのだが、思いついた。南予町には空き家や廃屋がたくさんある」

あ、読めてきた。

「それで、その空き家や廃屋に幽霊が出るとか噂を広めて、見物人を集めようとか」

私が先回りして言うと、町長は我が意を得たりとうなずいた。

「そうそう！　その広告費とかに私の補助金を使おうと思うんだ」

あれまあ。『私が取ってきた補助金』がいつの間にか『私の補助金』に変わっているよ……。

「あのう……。確かに、心霊スポットというのは人を集めているようですが、集まってくる人についてはどうでしょうか。ゴミを投げ捨てたり、深夜に騒いだり、果ては暴行事件まで起こすこともありましたが」

さすがの北室長も、ここで釘《くぎ》をさしておかないととんでもないことになると思ったらしい。珍しく反対意見を述べた。

本倉町長が顔をしかめた。

「そうかねえ」

そうだよ！

「せっかく南予町は『星の海、銀河《ぎんが》の里』というキャッチで観光客が少しずつ来るようになったのに、心霊スポットとかで有名になったら、夜空を目当てに来たお客様が敬遠されるのでは？」

私も北室長側で参戦した。

「本当にそうかねえ」

本倉町長はそれでも納得しないようだ。

その時、北室長の電話が鳴った。内線だ。

「えっ、萩森さん、もう来られたの？」

受話器を取った北室長は腕時計を見た。

「ともかくお待ちいただいて。すぐに参りますから」

「お客様？」

もっと話をしたかったのか、本倉町長は眉を寄せた。

「ええ、ちょっと重要なお話がありまして、沢井ともども失礼させていただきます。それより、補助金の話、町議会議長や副議長にも報告された方がよいのではありませんか。公用車がまだ一台残っていますから、すぐに出られますよ」

その言葉に、本倉町長の表情がぱっと明るくなった。

「そうそう。議員の皆さんにも『私の予算』についてお伝えしないとね。さっそく行こう」

そう言うと、そそくさと本倉町長は出ていった。

……議長に押しつけた……

まあ、あの議長がまともに本倉町長の話を聞くわけないからいいけれど。

ともかく、私と北室長は、萩森家の空き家に関する資料を持って階下に向かった。

「北さん、うまく話が進むといいですね」

「はあ」

あれ？

北室長、何か上《うわ》の空《そら》だ。

大丈夫かな。

受付には、男の人が立っていた。北室長が、歩み寄って声をかける。

「推進室の北です。萩森さんですね」

「そっちが月曜の昼休みにしか時間が取れないって言うから、来てやった」

男の人は吐き捨てるように言った。

月曜日の昼休みにしか？

北さん、今週、そんなに忙しいのかな。

その割に、朝から将棋なんか指していたよね。

それにしても萩森さん、まだお若いのに、荒《すさ》んだ雰囲気を醸《かも》し出している。髪はぼさぼさで無精《ぶしょう》ヒゲも伸ばし放題。服装も何だかだらしない。ジャケットはほうぼう綻《ほころ》びているし、スニーカーは埃《ほこり》まみれだ。きちんとすれば、それなりにカッコよさそうなのに。

口調もなげやりなのが残念だ。

北室長は「聡明で明るく良い子」だったって言ってたが、その欠片《かけら》も見えない。それに何か……臭《にお》うよ……。ひょっとして昼間からお酒飲んでる?

「ずいぶんお早いお着きで。空港の到着便をお知らせいただいたので、ネットで乗り換え情報を調べていたのですが」

「早く来ちゃいけなかったか」

萩森さんはじろりと北室長を睨んだ。

「いえいえ。それでは資料をお渡しします」北室長は、萩森さんに押しつけるようにして封筒を渡した。「あ、しまった。公用車でご案内しようと思っていたのですが、今、一台も残ってなくて」

おやおや。

北さん、使う予定があったのに、最後の公用車を本倉町長に勧《すす》めちゃったんだ。あの町長を追い出したくなる気持ちは判るけど。

今日の北さん、完全に寝起きの狸さん状態だな。

こんな体《てい》たらくで、撤去費用の交渉、大丈夫なんだろうか。萩森さん、北室長のことを覚えてなさそうだし。

「タクシー呼ぼうか」

萩森さんの申し出に、北室長は手を振った。

「歩いていきませんか。そんなに遠い距離ではありませんから。萩森さんは子どもの頃、南予町によく来られていたじゃないですか。懐かしいかもしれませんよ」

「よく来たといっても子どもの頃、毎年の冬休みの間だけだ」

萩森さんは、ちょっと考えるような仕草をしていたが、北室長はかまわず外に出ていってしまった。

萩森さんは、しかたなくという感じで北室長の後についた。

ん？

北室長はさらりと「そんなに遠い距離ではない」と仰《おつしや》ったけど、萩森さんのお宅って、そんなに近かったっけ。

がさつな印象の萩森さんを見た私は、あまり気乗りしなくなったが、萩森さんと並んで北室長を追うことにした。

「東京から、お疲れ様でした」黙ったまま歩くわけにもいかず、私はとりあえず、何か話題を振ろうとした。「時に、萩森さんはどんなお仕事をされているんですか」

「俺は元ゲーマーだ」

ゲーマー……。

ゲーマーっていうと、広い意味ではゲームを趣味としている人のことだが、近年では観客の前でプレーを披露《ひろう》したり、ゲームの大会に出て賞金を稼《かせ》いだりするプロの人もいると聞いたことがある。遊びの道具として作られたゲームでも生活できるんだって聞いて不思議に思っていたけど、実際にいるんだ。

うーん。私はスマホのゲームもやらないし……。何か別の話にしないと間がもたない。

「えっと……。萩森さんはよく南予町にいらっしゃっていたと聞きました」

「いや。当時、東京に住んでいた親にはしょっちゅう飛行機に乗れるほどのお金も時間もなかったから、こっちに帰省するのは年末年始だけだった。お盆は母親の実家のある岩手に行っていたしな」

そういう話は聞いたことがある。

東京や大阪といった都市部で地方出身の者同士が結婚すると、休みの時にどっちの実家に帰省するか、悩むことがあるらしい。

萩森さんの家族のように、夏と冬、どっちかに決めて交互に帰省する人も多いという。

「短い間でも、親戚で集まるのは楽しかったのでは？」

萩森さんは肩をすくめた。

「祖父《じい》ちゃんや祖母ちゃんと会うのは楽しかったよ。ただ、年の離れた従兄《いとこ》たちとはあまり遊んだ記憶がないな。おかげで、こっちにいる間は近所の子と、やりたくもないおままごとなんかしてたよ」

「そうなんですか」

ああ……、これじゃあ話が良い方向に向かわないよ。

「祖父母が相次いで亡くなってからは、南予町に来たことは一度もない。家は伯父が継いだはずだったから、空き家の話が来た時はびっくりした」

殆《ほとん》ど会話のないまま、商店街に入った。

昔はそこそこ人通りの多かった商店街も、今は誰も歩いていない。殆どの店がシャッターを閉めている。

「ずいぶん寂《さび》れたな。ここ、小さな書店があったはずなのに。子どもの頃、祖母ちゃんに連れられて来たことがあるんだが」萩森さんは雨戸を閉ざしたままの家を指さした。「あっちは玩具《がんぐ》店だよな。もちろん都内の店なんかに較《くら》べると品揃《しなぞろ》えは段違いだったが、発売中止になったはずの古いものや、チープだが心惹《ひ》かれるようなものもあった。ザリガニ採りのセットとか、竹籤《たけひご》を曲げて作る飛行機とか」

萩森さんは、失望したように頭《かぶり》を振っている。

「まあ、南予町は人口が減ってますから」

「祖父ちゃんと時たま行った軽食堂もない。もうこの商店街は駄目だな」

北室長が手を振った。

「いえいえ。再開発の話もあるのですよ」

萩森さんは、フンと鼻を鳴らした。

「無理じゃない？　シャッターが下りている店、商売をしている様子が見られない店……そういうのは『ここでは商売にならない』と触れ散らしているのと同じだ。こんな有様《ありさま》で、何か金になるビジネスをしようなんて人が出るかな」

あ……。

一ツ木さんが出した計画の意図が判ったような気がする。

一ツ木さん、外から南予町に来た人に、今萩森さんが言っていたような印象を持たれないようにしようとしているんじゃないだろうか。

多分そうだ。

一ツ木さんのつけた空き家の処理の優先順位……幹線道路沿いにずいぶん偏りがあると思っていたが、外から来た人の目に触れやすいところから始めようとしたのか。

ところが今回の補助金は一年限り、基金で年度をまたぐのもだめと国会が決めてしまった。商店街の再開発や空き家の処理なんて、一年で全てできるわけがない。だから一ツ木さんは国会を失望したような目で見届け、自分の計画を断念したのだ。

一ツ木さんの失望は理解できたが、その補助金で「国が南予町を潰そうとしている」っていう理屈は、いまだに不可解だ。『一億七五〇〇万円という数字自体に込めた国の皮肉』って……。

「あんたがたが空き家をなんとかしたいっていう気持ちも判る。一般の家も商店街と同じだからな。廃屋があると、その町に住む人も外から来た人も『ここで人が住んでいくのは難しいのではないか』と思ってしまう。何もない空き地よりもむしろ印象が悪い。だから、撤去して欲しいんだろ。それについては理解しているつもりだ。父の実家は伯父が継いだから無関係だと思っていたが、先祖の家が町に迷惑をかけるというなら、子孫の俺が更地《さらち》に戻してやるよ。残った土地はそのままでもいいし、町に寄付してもいい」

「それはありがたいお申し出ですが、撤去にはお金が掛かりますよ」私は萩森さんの手にした封筒を見た。「その資料にだいたいの見積もりが書いてありますし、分割でのお支払いもご相談に乗ります」

「面倒くさいから撤去工事前に一括《いっかつ》で払うよ」

ええっ⁉

見積書も見ずに決めるんですか⁉

私のびっくりした顔に萩森さんはフンと鼻を鳴らすと、持っていたショルダーバッグからカップ酒を取り出した。慣れた手つきで開け、一気に飲み干す。

荒れた動作から、飲み終えたカップを道路に投げ捨てるのかと一瞬思ったが、さすがに萩森さんは空《から》のカップをもとのバッグに入れた。

ああ、本当に撤去費用払えるのかな、この人。

萩森さんはお酒臭いゲップをすると、辺りを見渡した。

「本当に南予町は変わったな。人がいない……。音もしない……。空気さえ希薄《きはく》になっているような気がする」萩森さんは山を指さした。「子どもの頃、初詣《はつもうで》に行った神社のある山の形も変わっている」

自分の住んでいる町のことを、人がいないとか、音がしないとか、空気が希薄だと言われた私は、かなりむっとした。山の形が変わったって……。あそこ、ずっと土砂崩れは起こっていませんよ。

さすがに怒っているんじゃないかと思ったが、こちらを振り返った北室長は相変わらずにこにこと笑っている。

「私は郷土史を調べていましてね、あの神社にもよく行っているのです。萩森さんのご先祖が奉納《ほうのう》した算額《さんがく》がたくさんありましたよ」

「あのう……『さんがく』ってなんですか」

私の質問に北室長は微笑んだ。

「昔、中国から入ってきた数学という学問を、日本は江戸時代の頃、独自に大発展させたのです。和算《わさん》といって、特に関孝和《せきたかかず》という算学者は、ニュートンとかライプニッツに匹敵《ひってき》する業績をあげたとも評されています。関孝和だけでなく、それぞれの地方に、中央に負けないほどの業績をあげた人がいました。その人たちが『こんな問題が解けました』と神への感謝をこめて神社に奉納していた額が、算額です」

「へえ、地方の人もがんばっていたのですね」

北室長は頷《おさ》いた。

「和算家が納めた算額は、主に東北地方、北関東に多いのですが、愛媛も負けていませんよ。松山の伊佐爾波《いさにわ》神社には、二十二面の算額が奉納されていて、これは一社としては、日本最多らしいです」

「愛媛にもすごい人がいたのですね。そうだったのですか。私、中学・高校と数学は苦手でしたが」

「私もです」

北室長は笑った。

「その算額が、南予町の神社にもあるのですね」

「はい。それを奉納したのは、萩森さんのご先祖なんですよ」

へえ。

北さんは、南予町の歴史を書き残そうとしていると聞いてはいたけど、そんなことまで知っているんだ。

あれ？

私と北さんが萩森さんのご先祖様について話しているのに、萩森さん、黙ったままだ。

北室長はそのことに気づいていないのか、話し続ける。

「萩森さんのご先祖の奉納額を見せていただいたこともありますよ。ただ、和算は難しすぎて。できれば、萩森さんに解説していただきたいです」

話を振られた萩森さんは、苦い顔をした。そして、バッグから二本目のカップ酒を取り出して「くそっ」と言うと、あおるように飲みほした。

「あのう……萩森さん、どうかされました？」

「萩森家は算学者の家系だった。そのせいか俺も数学を志《こころざ》して大学に入った。確かに数学科を出たけど、俺は先祖の面汚《つらよご》しだからな」

「先祖の面汚し？」

「俺は本当に数学が好きで大学に入ったんだ。将来フィールズ賞を受けたいなんて大それた望みこそ持たなかったが、不思議な世界の最先端まで行きたかった。人類が見ているものの一番先まで見たかった。そのはずだったのに、大事な時間を失ってしまった。今ではこのざまだ」

「何かあったんですか」

「さっき、俺は元ゲーマーって言ったが、ゲームはゲームでもマネーゲームのゲーマーだったんだよ」

「マネーゲーム？」

「そう。仮想通貨、為替《かわせ》、株……大学に入学した時、ちょっとしたゲーム感覚で始めた。そしたら少し儲《もう》かった。それからは資産という数字が増えるのが面白くてのめり込んでしまった。別に大金持ちになってすごい車や豪邸を買いたい、最高級の料理を食べたいなんて思った訳じゃない。今でも学生時代から変わらずボロアパートに住んでいるし、一番美味《うま》いのは近所のおばちゃんがやっているもんじゃ焼きだと思っている」萩森さんは立ち止まるとバッグから三本目のカップ酒を出した。「酒だって酔えればなんでもいい。そんなわけで今使うペースでいけば、人生二、三〇〇回送れるくらいの金はあるんだ。空き家の取り壊し費用なんてハシタ金のことは心配してくれなくていい。そうは見えないかもしれないが、俺は十分金持ちだよ」

あ……。

北室長の想定より萩森さんがずいぶん早く南予町に到着した理由が判った。

「もしかして萩森さん、松山空港からバスとか電車に乗り継がず、直接、タクシーで来ました？」

「そうだが」

やっぱり。

空港からこの町まで、いったい、いくらかかったんだろ。へたをすると羽田《はねだ》からの航空運賃より高くつくんじゃないかな。

「本当にお金持ちなんですね。それほどのお金があるのなら、今からでも勉強すればいいんじゃないですか」

「判ってないな。数学は若い内に思いっきり伸ばしておかないといけないんだ。例えばアイスケートの選手や将棋の棋士《きし》と同じだ。一番伸びる何年かを無為《むい》に過ごしたら、どうなるか」

「ちょっと厳しいですね」

「つまり、俺は使いもしない口座残高や、株主リストの数字のために、人生の夢を棒に振ったひきこもりニートなんだ。笑ってくれていい」

どう応えていいか判らず、私は北さんを見た。ところが北室長はこちらに背中を向けて、携帯をちらちら覗き込みながら歩いている。

今、とても大事な話を聞いていると思うのだけど、北さん、何やっているんだろう。本当に今日の北さんは、寝起きの狸だ。

そうこうするうちに、萩森さんのお宅が遠くに見えてきた。

萩森さんがバッグの中に手を入れた。

またカップ酒かと思ったが、萩森さんが取り出したのは小さな袋だった。

「死んだ両親が遺《のこ》した鍵だ。十六本あった。子どもの頃、親父が持っていた合い鍵でここの玄関扉を開けていたことは覚えている。この鍵の一つがそれかもしれない」

萩森さんは袋の中身を私に見せた。

「すごい数ですね。きっと、ご両親の人生が詰まっているんでしょうね」

「多分そうなんだろうな」

「もし、その中に合う鍵がなかったらどうしましょうか」

萩森さんはふっと笑った。

「窓でも戸でも壊して入ればいいじゃないか」

「壊すって……」

「どうせぶち壊すことになるさ。十五年くらい空き家だったんだろ。俺は建築のことは詳しくないけど、人の住まなくなった家が急速にダメになるってことくらいは知っている。売るにしても町に寄付するにしても、更地にしないと」

「はあ……」

多分、萩森さんの言うとおりなのだと私も思う。萩森さんのお宅を近くに寄ってまじまじと見たことはない私でも、十五年も空き家だったとすれば、内装が相当酷くなっていることくらいは想像がつく。常識的に考えれば、取り壊すしかないし、幸いなことに費用はお金持ちの萩森さんが出してくれると言っている。廃屋を南予町から撤去したいと考えている一ツ木さんも、きっと喜ぶだろう。

でも、なぜか、私はひどく寂しいような気分になった。

「見てもないのに、そんなに簡単に決めていいのでしょうか」

「別にいいんじゃない」

萩森家の門前に着いた。

田舎では珍しくないとはいえ、敷地は結構広い。その北半分に、古い屋敷が建っていた。

「それほど傷《いた》んでいるようには見えないですね」

「中はだめだろ。湿気で畳も柱も腐《くさ》っているはずだ」

「ともかく、入ってみてはいかがでしょうか」

私に促《うなが》された萩森さんは、玄関に立ち、袋の中から鍵を取り出した。

「こいつはだめだな」萩森さんは合わなかった鍵をポケットに入れると、次々に鍵を試していく。「こいつも合わない」

私は十六本の内のどれかがこの家の鍵でありますようにと祈った。目の前で玄関や窓を壊される光景は見たくない。

私はしばらく萩森さんの手許《てもと》に見入っていたが、ふと振り返ってみると、北室長は相変わらず携帯をいじっていた。

ひょっとして、将棋のアプリで一ツ木さんと対戦でもしてる？

「だめだ、全部合わない。玄関を蹴破《けやぶ》るか」

萩森さんが吐き捨てたとたん、背後から声が聞こえた。

「あれ、北さんのご主人さん？」

振り返ると、自転車を押した三十手前くらいの女の人が、門から庭に入ってきていた。

「奥様と同じ食品工場で働いている大塚《おおつか》です」

「ああ……大塚さん、ずいぶんお久しぶりのような」

北室長は、やっと携帯を胸ポケットにしまった。

「奥様には毎日、お世話になっています」

「家内から聞いています。なんでも、お弁当のおかずを交換したりしてくださっているようで」

「はい」

「今日はどうされましたか」

「この家の窓を開けて換気に」

その時、萩森さんが大塚さんを見て目を見開いた。

「美理《みり》ちゃん……」

その言葉に、大塚さんも驚いたようだった。

「あれ？　ひょっとして、創君？」

二人は棒立ちという様子で、しばらく見つめ合っている。

北室長が二人の顔を交互に見た。

「えっと、あなたは……」

「お二人はお知り合いでしたか」

「……子どもの頃、この家で一緒に遊んでいた」

萩森さんは目を見開いたままだ。

ひょっとして、萩森さんがやりたくもないおままごとに付き合わされていたのって、この大塚さんっていう女の人？

「どうして美理ちゃんがここに？」

「毎週月曜日の昼休みに工場を抜けて、この家の換気に来ることにしているの」

「美理ちゃんがずっと？」

「ううん。最初はお祖母ちゃんが。創君のお祖父様が松山の病院に入院する時に、戻るまで家の面倒を見てくれないかって鍵渡されて。そのままお祖父様は……」

「祖父ちゃんが死んだのって、もう十五年も前だよ」

「うん。三年前から、うちのお祖母ちゃんは階段上れなくなったから、私が代わりに来てる」

「そうなんだ……。十五年も」

萩森さんは本当に驚いた様子だった。

「約束したからね。それに、いつか誰かが戻ってくるかもしれないでしょ」

「工場抜けてきたって……美理ちゃん、働いているの？」

「そう。結婚もせず、近くの小さな食品工場でがんばってるよ」

大塚さんは、にっこりと笑った。

「美理ちゃん、この近所に住んでいるよね。なのに、わざわざ昼休みに？」

「土日は学問所に行って、来られないから」

「学問所？」

大塚さんは頷いた。

「南予町には学問所があるの。ＭＯＯＣ《ムーク》って知ってる？」

「ああ。インターネットを使って世界中の大学の講義が受けられるシステムだよね」

「文科省が認可しているわけじゃないから『大学』は名乗れないけど、『南予町学問所』として、四月から、廃校になった中学校でやってるの。正規の入学者は男の子が三人、女の子が四人の小さな学校。それとは別に、私は聴講生みたいな感じで土日に通ってる」そう言った大塚さんはちょっと眉を寄せた。「創君、ちょっと臭うけど、お酒飲んでる？」

萩森さんは、慌てたように首を振った。

「あ、いや……、昨日、久しぶりに友だちと会って朝まで飲んでいたから、少し残っているのかも」

大塚さんはちょっと疑わしそうに萩森さんを見た。

「そう？　体には気をつけた方がいいよ」

「いや、普段は飲んでないんだ」

あー。

嘘《うそ》ばっかり。

まあ、幼馴染《おさななじ》みに昼間っから酔っ払っているなんて思われたくないよねえ。

「それならいい」大塚さんはまた明るく笑った。「創君は、今、何やってるの？」

「いや……特に何も。お金は十分あるから」

「ええっ？　働くか勉強してなくちゃだめじゃない」大塚さんはそう言うと、ポケットから小さな鍵を取り出した。「ともかく、家の窓全部開けるから、入っていい？」

「もちろん」

大塚さんは「おじゃましま〜す」と玄関を開けた。

萩森さん、北室長、そして私が続いて家に入った。

内装は相当に酷い状態だろうという予想に反して、廊下には埃一つなく、ただ古い家独特のいい香りがした。

「まず二階の窓から開けるね」

「僕も一緒に行っていい？」

大塚さんは、「萩森さん家《ち》でしょ？」と笑いながら階段を上がっていく。

残された私たちは、ただ待っているわけにもいかないので、一階の窓や戸を開けて回った。

本当に、塵《ちり》一つ落ちてない。

廊下もピカピカに磨かれている。

まるで、ついさっきまで人が住んでいたみたいだ。

大塚さん、週一回の換気だけじゃなく、掃除《そうじ》もしょっちゅうやってるんじゃないかな。

窓や戸を開けているうちに、萩森さんと大塚さんが下りてきた。

「さっきの部屋でよく、おままごとなんかしたの覚えてる？」

「覚えている。ずいぶん強引にやらされていたような」

「酷い。創君も楽しんでいたじゃない」大塚さんはまたころころと笑った。「それより、お弁当、ここで広げてもいい？　すぐに工場に戻らないといけないから、いつもここで食べているんだけど」

「ああ、もちろん」

大塚さんはバッグから取り出したかわいいお弁当箱を開けた。

卵焼き、タラの芽、サラダ菜に……タコさんウインナーですか。彩《いろど》りがあっていいですね。

ちらりとお弁当を覗いた私に遠慮してか、大塚さんは「ごめんなさい」とかわいい笑みを浮かべた。

私は慌てて「いえ、私も役場にお弁当がありますので」と手を振った。

大急ぎという感じでお昼を済ませた大塚さんは、お弁当を片づけながら萩森さんと積もる話を交わしている。といっても喋《しゃべ》っているのはたいてい大塚さんの方で、萩森さんは聞き役に徹している。もちろん、萩森さんは自分の挫折のことなんかは語らない。

「話し込んで、ずいぶん時間経っちゃった。もう行かなくちゃ。窓を閉めるのお願いできる？」

「ああ」

大塚さんは萩森さんに鍵を渡し、立ち上がった。

「創君、鍵、郵便受けに入れておいて。後で取りにくるから」

萩森さんは頷いた。

「来週の月曜日もまた来てくれるの？」

「もう習慣になってるから」

「それなら、来週の昼に僕はまた来るよ。あの……僕もお弁当持って来るから、よかったら一緒にここで食べないかな」

大塚さんは首を振った。

「私が二人分、お弁当作ってくるよ」

そう言うと、大塚さんは玄関に向かった。土間に下りて靴を履《は》く大塚さんを、萩森さん、北室長、私の三人が見送る格好になる。

「あ、さっきの話に戻るけど、萩森君、お金があっても働くか勉強するかした方がいいよ。この家、相続するって言ってたよね。もし南予町に住むのなら、私が働いている工場なんかどう？　人手不足で大変なんだ。お給料は安いけど」

「それはいいかもしれない」

えっ？

萩森さん、大金持ちなんでしょ？

「働くか勉強するか……。美理ちゃん、両方やっているんだよね。僕も学問所に入って何か勉強しようかな。今からでも入れる？」

「いつからでもＯＫみたいよ」そこまで言った大塚さんはハッとなって、扉を開ける手を止めた。「あんまり強引に誘うと、昔と同じになっちゃうかな？　私、好きじゃなかったおままごとに創君を無理やり引き込んでいたみたいだから」

「皮肉を言わないでくれよ」

萩森さんは何かしみじみとした口調で答えた。

大塚さんに続いて、私たち三人も靴を履いて外に出る。大塚さんは自転車に乗ると、見送る私たちに向かって元気に手を振った。

遠ざかる大塚さんの姿を、萩森さんは門の傍《そば》に立ってじっと眺《なが》めていた。やがて彼女の背中が見えなくなると振り返って、私たちに「あの……、さっきお話しした僕の過去、大塚さんには言わないでください」と消えそうな声で呟く。

北室長は「判ってますよ」と鷹揚《おうよう》に頷いた。

私も萩森さんに約束した。

「今考えると、僕、お二人に失礼なことを言っていました。この町に住んでいる人に向かって『音がしない』とか『空気が希薄だ』とか。悪かったです」

萩森さんはぺこりと頭を下げた。

「お気持ちは判ります。子どもの頃の思い出には補正がかかりますからね。それより、今も空気は希薄だと思われますか」

北室長の質問に萩森さんは「いえ」と小さな声で言った。

その答えに、ちょっと嬉しくなった私は、ふと気づいた。

「あのう、萩森さん『山の形が変わっている』とも仰っていましたよね」

「はあ」

「そう思われた理由は多分、判りました。萩森さん、お育ちになった環境で近くに山はありましたか」

萩森さんは首を振った。

「いや、僕は実家も学生時代のアパートも東京のど真ん中でした」

「萩森さん、南予町には冬にだけ来ていたのですよね」

「はい、冬休みにね」

「最近は落葉が遅くなっているような気もしますが、それでも、お正月には神社のある山の広葉樹はずいぶん葉を落としていたと思います。それで山の稜線《りょうせん》は夏とは違って見えるんです。私は松山で育ちましたが、春、夏、冬の休みには南予町に来ていたので、それぞれの季節の山を知っています」

「ああ……そうだったんだ……」萩森さんは感心したように神社のある山を見なおした。

「確かに、一年を通じてあの山を見たことはなかった。夏や秋の山も見たいな」

「もうすぐ桜が咲きますよ」

「そうなんだ。それも見たいな。これからこの家に住むとして、修理しないといけない部分がないか、ちょっと確認しておこう」

そう言うと、萩森さんは、また家の中に入っていった。

さっきまで「撤去する」とか「ぶち壊す」って言っていた萩森さん、ずいぶん変わったな。一人称がいつの間にか「俺」から「僕」になってるし。

「山の形がねえ……」北室長が首を振った。「山の様子はゆっくりと変わりますから、ずっと南予町にいた私は気がつきませんでした」

私はハァとため息をついた。

この狸のおじさんは……。

「北さんなら、当然、気づいていたでしょ。それに……」私は人差し指を立てた。

「北さん、謀《はか》りましたね」

「えっ、何のことでしょう」

北室長は目をぱちぱちさせた。

「大塚美理さん、北さんの奥様と同じ職場で昼食はお弁当のおかずを交換するほどの仲だって言ってましたよね」

「そうでしたね」

「いつもお昼をご一緒してるなら、奥様、毎週月曜日のお昼に大塚さんが工場を抜けることも、抜ける理由も知ってるんじゃないですか」

「そう……かもしれません」

「北さん、全部知ってて、美理さんと萩森さんの出会いを演出したでしょう?」

北室長は「まさか」と手を振った。

「そうですか? 早めに役場に到着してしまった萩森さんをお昼に来る大塚さんと会わせるために、残った一台の公用車を本倉町長に使わせてまで、時間稼ぎしたんじゃないんですか。何度も携帯の画面を覗いていたのも、時間を気にしてたってことでは? もしかしたら、大塚さんの動向を確認するために、奥様と連絡を取っていたりもして?」

「えっ……。いや、そんなことは……」

ああ。

まだ、言い逃《のが》れするのか、この狸のおじさんは。

「北さん、月曜の昼休みじゃないと忙しくて対応できないので、その時間に来て欲しいって、萩森さんに言ったそうじゃないですか」

「まあ、私が謀ったかどうかはともかく、偶然の出会いは、ドラマチックで、ロマンチックでしたね。きっと二人も運命的なものを感じたのではないでしょうか」

私は『ドラマチック』とか『ロマンチック』とか、真顔で言う狸のおじさんを軽く睨んだ。

「おかげで町議会の議長や議員さんたちは、本倉町長の自慢話を延々《えんえん》と聞かされることになって、きっと大迷惑してますよ」

「ですから、それは、沢井さんの誤解です」

あくまで北室長がとぼけているうちに萩森さんが戻ってきた。

「修理する部分なんて殆どないみたいだ。祖父ちゃんが死んだ後にも、美理ちゃんとお祖母さんが、本当に約束を守ってくれていたんだ」俯《うつむ》いた萩森さんは呟くように言った。

「美理ちゃん、昔、おままごとをやってた時に僕とした約束も覚えているかな」

「約束？」

私が聞きとがめると、萩森さんは、はっと顔を上げた。

「いや、なんでもないです！　なんでもないです！　忘れてください！」

萩森さんの顔は真っ赤になった。

でも、それは多分、お酒のせいじゃないと私は思った。

第二話　判りやすい人

「結衣ちゃん、もう出るの？」

玄関まで見送りに来てくれたお祖母《ばあ》ちゃんに私は頷《うなず》いた。

「町役場に出る前にちょっと寄っていきたいところがあるの」

私はヘルメットを被《かぶ》るとスクーターに乗った。

「寄るって……時間は大丈夫？」

「町役場の傍《そば》だから」

「それじゃ、気をつけて行ってきなはいや」

朝早いというのに、日差しは強い。スクーターのシートも熱くなりはじめている。

……今のうちになんとかしないと……

私は、『クラインガルテン南予町』に向かった。

『クラインガルテン南予町』とは、前の町長が作った貸し農園だ。南予町が耕作放棄《ほうき》地を農家から借り受けて、一般向けに貸し出している。町内外の誰でも、一区画十坪《つぼ》を年に一万円ほどの手ごろな価格で借りることができるのだ。貸し農園の真ん中にはプレハブの休憩所があって、契約者は水道等も自由に使えることになっている。利用者の大部分はサラリーマン家庭なので、もちろん大型農機具なんて持っていない。そこで、希望があれば、耕運機で耕《たがや》す作業などは格安で南予町の農家の人がやってくれるサービスもある。町の中心部近くで利便性も高いとあって、当初は五十区画ほどだったのが、半年で全部埋《う》まった。利用者の中には、一世帯で五区画を借りた本格派もいる。盛況を受けて今年度は農家の方々に協力してもらって、新たに三十区画ほど増やした。それでも、遠く松山に住む人たちなどから申し込みが相次《あいつ》いでおり、今年度中には埋まりそうな勢いなのだそうだ。日曜日ともなると、契約者用の駐車場が満車になっているのをよく見かける。

実は、もともと『南予町貸し農園』と名づけられていたこの施設、本倉現町長が『クラインガルテン南予町』というマンションかなにかみたいな名前に変えてしまった。名前を変えるだけなら百歩譲《ゆず》ってまだいいとしても、本倉町長は、

「こんなんじゃ誰も借りない」

と言って、厳しかった利用規約を大幅に緩和《かんわ》してしまった。その結果、『区画内に建造物を造らないこと』とか、『農薬を撒《ま》く場合は許可を取ること』といった決まりは消えた。

確かに規制緩和によって、頭打ちになりかけていた申し込みが一時的に増えたのは事実なのだが、一年ほど前、やっぱり問題が起こった。

「男性が二人、貸し農園の区画内に小屋を建てて住み着いている」

と、町役場宛《あ》てに苦情が入ったのだ。苦情を受け、本倉町長はただちに小屋を撤去《てっきょ》させるよう命じた。

無茶だよね。

自分が廃止した規制の抜け穴を狙って造られた小屋を壊すって……。

まあ、そういう面倒事は、私たち推進室に回ってくるのがお約束だったので、一ツ木さんと私が『クラインガルテン南予町』に説得に行った。

『クラインガルテン南予町』の端《はし》っこに建てられていたのは、巨大な棺桶《かんおけ》みたいな二つの小屋だった。真っ黒に塗られていたから、見た目かなり不気味で、利用者から苦情が出るのも無理はなかった。

そこに住み着いていたのは、小早川正継《こばやかわまさつぐ》という小父《おじ》さんと、大学受験に失敗した葛西《かさい》龍太郎《りゅうたろう》さんだった。

話してみるとそんなに悪い人たちじゃなさそうだった。

過去に何があったのかはあまり話してくれないが、しょっちゅう来ることができない農園の利用者の依頼で畑に水を撒いたり、南予町の農家や漁師さんたちの手伝いをして、少しばかりのお金をもらって暮らしているようだった。小早川さんはそうしたお金を「お志《こころざし》」と称していた。二人で、誰にも迷惑をかけず、ちゃんと生きているように見えた。

しかし！

しかしですよ！

ちょっとここで自慢してもいい？

変人で狭量《きょうりょう》で傍若無人《ぼうじゃくぶじん》で面倒くさがりで、唯一《ゆいいつ》、頭がいいのだけが取《と》り柄《え》の一ツ木さんすら最後まで気づかなかったことを、私は、小早川さんの会話から推理して、突き止めちゃったんだよ！

実は、この二つの小屋には、もう一人、若い女性が誰にも知られず住んでいたのだ。

小早川さんたちが小屋で生活を始めてしばらく経《た》って、その女の人はふらりと現われたらしい。何かひどく心を痛めることがあったようで、「祥子《しょうこ》」と名乗った以外、自分のことはなにも語らなかったそうだ。祥子さんは、外の人と顔を合わせることを酷《ひど》く恐れ、昼はこの小屋でひっそりと眠り、夜になると外に出て、散歩しているとのことだった。

その話を聞いた私は、なんとか祥子さんたち三人がそのまま農園で暮らせないかと、本倉町長、若手議員の林《はやし》さん、それに「町議会のドン」こと山崎《やまざき》さんの説得を試《こころ》みた。

まず上申したのは本倉町長だった。「小屋を撤去しろ!」と息巻いていた本倉町長も、心を痛めた女の人が住んでいると聞くと、「それならしょうがない」と納得してくれた。あの人、町長さえやってなければ、いい人だからね。

次に当たった林議員は、一も二もなく賛成してくれた。ある夜、自分の集落で倒れた住民の異変に気づいて救急に連絡して助けてくれたのが祥子さんであると知り、感謝すらしてくれたのだ。

そして、最後の難物、山崎議員……。

もう、めちゃめちゃ頑固《がんこ》で偏屈《へんくつ》な人で、説得は難航すると身構えて話したが、拍子抜《ひょうしぬ》けするくらい簡単に納得してくれた。推進室の北室長によると、初孫と暮らすようになってから、山崎議員はもう人が変わったように穏和《おんわ》になったらしい。確かに、孫娘を乗せたベビーカーをニコニコしながら押している姿を、私も何回か見たことがあった。山崎さんは同居することになった息子のお嫁さんも、まるで実の娘のように大切にしているらしい。

こうして『クラインガルテン南予町』には、例外として祥子さんたち三人が住めるようになったという経緯《いきさつ》がある。

ただ、こうした話が広がると、野次馬《やじうま》が興味本位で祥子さんの小屋を覗《のぞ》いたりするようなことがあるかもしれない。そこで、この話は、本倉町長、山崎議員、林議員、そして推進室の私たちの間だけに留《とど》めておこうと、北室長が提案した。

だから、南予町の人は、あれから一年ほど経った今でも祥子さんの存在を知らない。

今のところは……だけど……。

一年前の苦労を思い返している内に、『クラインガルテン南予町』が見えてきた。

月曜の朝ということもあって、さすがに家庭菜園に来ている人はいないようだ。

私は専用の駐輪場にスクーターを入れると、小屋に向かって歩き始めた。

かつて黒く塗られていた小屋は、夏を迎えるにあたって、日の光を反射するために白く塗り直されている。

小屋の脇に置かれたレジャーチェアーの上で、小早川さんがのんびりと日光浴をしていた。

「こんにちは」

「ああ。役場の沢井さん」

知り合った当初は警戒心丸出しだった小早川さんも、このごろは穏《おだ》やかに迎えてくれるようになった。

「お元気のようでなによりです。葛西さんからは連絡ありましたか」

この小屋で生活するうちに立ち直った葛西さんは、独学で受験勉強を再開した。そして、今年の春、愛媛大学の医学部に見事合格して、松山に移ったのだ。

すごいよね。

愛媛大学の医学部って、私が通っていた高校では一番の成績の人が、通るか通らないかっていう超難関だよ。松山の隣の市にある医学部と大学病院の建物は、ものすごく立派だし。

「葛西さん、立派なお医者様になれるといいですね」

私が言うと、小早川さんは目を細めた。

「龍太郎も遅れた分、必死になって勉強しているらしい。ただ、週末になると戻ってくる。土日は、なんやかんや手伝いをして、頂戴《ちょうだい》したお志を祥子ちゃんのために置いていく」

そうなんだ。

優しいな葛西さん。

きっと、患者さんや家族の痛みの判《わか》る、本当にいいお医者様になるんだろうな。

小早川さんは、レジャーチェアーに寝そべったまま手を伸ばして、植えてあったブルーベリーの木から実を一つ取った。

「これは以前、龍太郎がお志でもらった苗から育てたものだが、今年はずいぶんと実を楽しませてくれた。沢井さんもどうだ」

「それでは頂きます」私はちょうど食べ頃になった色の実を一つ摘《つ》んだ。「あと、あのう……祥子さんは……。その……お元気ですか」

小早川さんはちらりと、小屋に目を向けた。

そうか……。

祥子さん、今は、そっちの小屋で眠っているのか……。

「ああ、体は元気だよ。心も徐々に良くなっている。最近、祥子ちゃんの姓が判った」

「えっ？　なんと仰《おつしや》るんですか」

小早川さんはフンと鼻を鳴らした。

「それは秘密だ。あんたに知らせたいと思う時が来れば、祥子ちゃんが直接言うだろう」

うーん。

それっていつになるんだろう。

直接、祥子さんを見知っているのは、南予町には小早川さんと葛西さんしかいない。私たち推進室の三人ですら、その姿を目にしたことがないのだ。ただ、かつて祥子さんとは知らずに車ですれ違った人が一人いて、彼女を町長秘書の三崎紗菜《みさきさな》さんと見間違えている。

三崎紗菜さんといえば、たいへんな美人だ。南予町でトップなのは間違いない。ひょっとしたら愛媛県でも五本の指に入ると思う。いや、トップファイブどころか……。そんな人に見間違えられたのだから、祥子さんもすごい美人だろうな。

ちなみに、なぜか判らないが、そんな美人の紗菜さんが心を寄せているのは、変人で狭量で傍若無人で面倒くさがりの、あの一ツ木さんなのだった。

いやいや、そんなことを考えている場合じゃなかった。

私は身を乗り出した。

「お元気ならば一安心ですが、これからますます暑くなります。クーラーもないあの小屋では体を壊してしまわれるかもしれません。女の人には、男性には判らないいろいろなこともありますし……。ですから住民票さえ移していただければ、町営住宅とか、空き家の紹介とか……」

「またいつもの話か」小早川さんはため息をついた。「祥子ちゃんはここが気に入っている。夜には誰もおらず、静かだからな。それに、昼眠る時、壁越しに、農園に来ている家族の楽しそうな声が微《かす》かに聞こえたりもする。そんな環境が祥子ちゃんにはいいんだ」

「それはそうかもしれません。でも、暑くなったら農作業を楽しもうという人も減ってきますし、窓のない小屋では換気もうまくいかないでしょう」

「それがいいんだ。祥子ちゃんは、普通の部屋では怖くて眠れない。空気穴くらいがちょうどいい」

「でも、暑さは……」

「沢井さんは知っているか。南極にある昭和基地は木造なんだ。木は立派な断熱材だ」

「寒さと暑さは違うかと……」

「同じだよ。それに、あの小屋、床は土の上にシートを張っただけで、大地に繋《つな》がっている。どんどん熱を吸収するから結構住みやすい。君も土間の涼しさは知っているだろう?」

そうかなあ……。

小早川さん、私が説得するたびにあれやこれやと反論するけれど……。

「でも……」

「いいんだ」小早川さんはぴしゃりと私の言葉を止めた。「祥子ちゃんは、祥子ちゃんが住みたいところにいさせる。好きにさせてやってくれ」

ああ……。

とりつく島がない……。

「……ともかく、少しでも体調が悪そうになったら、すぐに連絡してください」

私はそれだけ言い残し、肩を落として小早川さんの傍から離れた。

ここはひとまず引き下がるとしても、まだ……。

まだ、手はある。

実は国から、南予町も加盟している広域行政組合一市四町の自治体に対し、それぞれ一億七五〇〇万円の補助金が出ることになったんだ。『町おこし・地方の人口対策のモデル地域』にするとの触れ込みで、全国で九つの広域行政組合が選ばれた。つまり、南予町に、普段の予算以外で、自由に使える一億七五〇〇万円ものお金が降って湧《わ》いたってことだ。ただ、国の経済対策の一部ということもあって、補助金は単年度で使いきらないといけないとか、単一の事業に集中して使わなければならないといった異例の条件はついている。

それにしても、一億七五〇〇万円！

本倉町長が鼻高々に「私が取ってきた予算」とか触れ回るものだから、国会で正式に決まってからも町役場の職員や議員さんたちは半信半疑だったが、それでも一応、使途について検討は進めていた。

町役場の職員や議員だけでなく、一般住民からも南予町の発展に繋がるようなアイデアを募集したのだ。一年で使いきらないということだから、町役場も町議会も大慌《おおあわ》てだった。

その話が出た時、私の頭に浮かんだのが、この『クラインガルテン南予町』のことだった。

そして私はいろいろと勉強し、『クラインガルテン南予町整備計画』という案を書き上げ、町議会に提出した。

集まった案は、三〇〇近くあったらしい。まずは町議会議員による一次、二次の審査で絞《しぼ》られていった。本倉町長が自《みずか》ら出した十以上の案は一次で全滅したようだが、なんと最終審査まで残った五案の中に、私の案があった。

私の案とは、今農家から借り受けている農地や、周辺の耕作放棄地を町が買って増設を行ない、今はプレハブでしかない休憩所を、政府の進める「民泊《みんぱく》」の流れを利用して、宿泊可能な立派な施設に建て替えるというものだった。

内々にお祖母ちゃんを通して、いくらくらいなら農地や耕作放棄地を売ってくれるか、農家の方からヒアリングを行なっていた。そして、休憩所の建築にどのくらいかかるかは、建設会社に勤《つと》めている清家《せいけ》さんに見積もってもらった。それだけ努力して作成したから、かなり現実的な案になっているはず。

表向き私の案は、家庭菜園を中心とした町おこしを標榜《ひょうぼう》している。ただし、その裏にはもう一つの隠れた目的があった。それは、小早川さんや祥子さんが快適に住める場所を作るってことだ。

二人には、休憩所の内部に造る予定の物置部屋に移ってもらおうと考えていた。物置といっても空調設備はしっかり取りつけるし、一般の人が使わない時間帯ならば、休憩所のキッチンやシャワールームを使えるだろう。

私の案が採用されるかどうか判らないから、小早川さんにはまだ伝えていないけれど、もし実現したら、どんなに素敵だろう。

町議会と町の幹部が、この土日に最終審査をしたはずだ。採用されているといいな。

なんといっても、祥子さんの存在に気づいたのは私が最初だったのだし。祥子さんが紗菜さん似の美人だってことを知っているのも、私と一ツ木さんだけだ。

しかも、小屋に祥子さんが隠れ住んでいることを知っているのは私を除いて男の人ばかり。女性ゆえの大変さを判ってあげられるのも私だけなのだ。

私がなんとかしないといけない。

私は、祈るような気持ちで農園の出口に向かった。

駐輪場でスクーターにキーを差し込んだ時、軽トラが傍に停《と》まり、運転席からテッちゃんが顔を出した。

テッちゃんこと菊田鉄雄《きくたてつお》君は、私の幼馴染《おさななじ》みだ。松山に住んでいた幼少時代、私は長期休暇のたびに南予町のお祖母ちゃんの家に泊まりにきていた。そのころ一緒に遊んだのがテッちゃんなのだ。

テッちゃんは、今はお父様のお店を手伝いながら、山間部に住む人たちのために、軽トラで訪問販売をしている。消防団員として、地域のためにがんばってもいる。何かあった時には、頼れる人だ。

「結衣ちゃん、こんちは」

「こんにちは、テッちゃん。これから訪問販売？」

「ああ」

テッちゃんは日に焼けた顔で微笑《ほほえ》んだ。

「結衣ちゃんは、役場に出る前に仕事？」

「うーん。そういう訳でもないんだけど」

「農園の担当って結衣ちゃんでしょ？」

担当ねえ……。

確かに、ここには様子をしょっちゅう見にきているから、担当に見えるのかな。

本来の担当は、施設課なんだけどな。

テッちゃんは、ちらりと農園の奥に目を向けた。

「担当の結衣ちゃんに聞きたいんだけど」

「担当じゃないけど、何？」

「お得意さんから、あの小屋にまつわる噂《うわさ》を聞いたんだ」

「どんな噂？」

「実は、女の人も隠れて住んでいるんじゃないかって」

私の心臓がどきりと音を立てた。

「いないよ、そんな人」

私は慌《あわ》てて首と手を同時に振った。

しかし、テッちゃんはじっと私の顔を見つめたあと、「やっぱりいるんだ」と、小屋に視線を移した。

私はため息をついた。

「……テッちゃん、これから言うことは誰にも言わないで欲しいの」

私はテッちゃんを信じて、今までのことを伝えた。

「うーん」テッちゃんは腕を組んで難しそうな顔をした。「俺は誰にも言わないって約束するけど、これ、他の人から聞いた噂だからな。広まっていくかもしれない」

「誰から聞いたの？」

「それは、お客さんの個人情報だから言えない」

テッちゃんは首を振った。

……困った……。

噂が広がれば、心配していたように興味本位の人が小屋を覗きにくるかもしれない。せっかく良くなってきている祥子さんの心にどんな影響があるか……。

休憩所を造るの間に合うかな……。

「知らせてくれてありがとう」

私はお礼を言うと、スクーターのキーを捻《ひね》った。

ロッカールームに入ると、紗菜さんが着替えていた。肩口の辺りで綺麗《きれい》に切り揃《そろ》えられた髪が目を引く。

「紗菜さん、髪、切ったんですか」

知り合いの女性が髪を切ったりしていると、ちょっと理由が聞きたくなる。

紗菜さんは、ぽっと顔を赤らめた。

何かいいことがあったな。

紗菜さんってすぐ顔に出るから判りやすい。

「一ツ木さんと、日曜日に松山に行って、切ってきたの」

「ええっ⁉　デートですか？」

紗菜さんと一ツ木さんの仲が進展しなくてやきもきしていた私は驚いた。

「そういう訳じゃないんだけど」紗菜さんは慌てて手を振った。「南予町には美容室ないから」

いやいや、そういうことじゃないでしょ。

確かに人口減少が進む南予町に、美容室はなくなってしまった。だから松山に行くってというのは判る。

けど、一人で行けばいいだけの話だ。一ツ木さんが一緒に行くって……それ、立派なデートですよ！

顔を赤らめた紗菜さんを見ていると、なんだか私もちょっと心が軽くなって、一緒にロッカールームを出た。

いつものように推進室に入ると、いつものように北室長が将棋盤を机の上に出して唸《うな》っていた。

「おはようございます」

「はい。おはようございます」

挨拶《あいさつ》を返してくれたのは、いつものように北室長だけ。

一ツ木さんは、いつものように何か難しそうな本を読んでいる。時折「２五歩」などと呟くのは、盤面も見ずに口頭で北室長と将棋を指しているからだ。

この人、昨日、紗菜さんとデートしたというのに、変わりがないなあ……。

おっと、そんなことよりも、今は『クラインガルテン南予町整備計画』が最優先事項だ。

「北さん、例の補助金の件、町議会の審査がどうなったか、聞いてますか」

「いや、まだ発表にはなっていません。総務課が日曜にも出てきて審査結果の資料を作っているはずですが。公募している以上、発表までは審査の状況を含めて秘密でしょう」

「早く知りたいですね」

一ツ木さんがフンと鼻を鳴らした。

「そんなにそわそわしなくても、今日中に連絡があるさ」

「一ツ木さんは気にならないんですか。一ツ木さんもずっと温めていた空き家対策案が駄目になったから、別の案で応募するって息巻いていたのに」

一ツ木さんは、首を横に振った。

「僕が言ったのは正確には『代案を出す』だよ。今回、応募はしなかった」

「えっ？　審査を経《へ》ずに、どうやって振興策を実現するっていうんですか」

「僕の代案は、この補助金を使って国がしかけてきた戦争をいかに戦い抜くかということだ」

えっ？

また、何を言っているのだろう。

「何度も言うようですが、国は一自治体に、一億七五〇〇万もくれるんですよ。そんな自治体が全部で……」

「九広域行政組合の計四十自治体で、総額は七〇億だ」

「そんなに貰《もら》えるのに戦争って……」

いつものことながら、一ツ木さんが言っていることって、全く判らない。

聞いてもきちんと説明してくれないし。

私はモヤモヤした気分のまま、仕事のファイルを開いた。でも、審査の結果が気になってなかなか進まない。

あいかわらず、北室長は仕事をしているのかいないのか、「4五銀」とか言って一ツ木さんと将棋しているし、一ツ木さんは、本から目も上げないし。

それでもなんとか頑張《がんば》って仕事を続けていると、昼前になって、総務課の矢野課長が推進室に入ってきた。矢野課長は北室長に挨拶すると、まっすぐに私の傍にきた。

……審査結果だ……。

一瞬で緊張した私は席を立つと、矢野課長が差し出した封筒を受け取った。その封筒には「振興策応募書類　沢井結衣」と私が書いた表題がある。

だが、なんだか申し訳なさそうな矢野課長の表情から、落ちたなということが判った。

矢野課長、判りやすい人だから……。

私は何も言わずに「ありがとうございました」と頭を下げた。

「私は良くできていると思ったがね。残念だった」

「それで、どんな案が採用されたのですか」

矢野課長は首を振った。

「全部落ちた」

「全部？」

「強硬《きょうこう》に反対する議員さんがいてね。再公募ということになった。そういうことだから、た。

「そう言い残すと、矢野課長はまた申し訳なさそうな笑みを浮かべて推進室を出ていっ

私は急いで席に着くと、封筒を開けた。

私が出した提案書が入っていた。

提案書の表紙には、赤くでかでかと『不採用』の判が押してあった。

結果は判っていたけど、こんなに大きな判でなくてもいいだろうに。というか、よくあったな、こんなに大きな『不採用』の判子《はんこ》……。

ひどく落ち込んだ私は、それでも、同封されていた評価書をめくった。

そこには、不採用の理由がびっしりと書かれてあった。

『一つ、設計図もどきを見たが、無駄な空間が多すぎる。一つ、この規模の施設になると専従に近い職員が必要になるが、その人件費のことが考えられていない。一つ、光熱費に関しては拡充された農園が全て貸し出されるという前提で計算されているが、その保証はない。一つ、施設の補修費が計算されていない』

その後、十年おきにかかる補修費や、六十年後、古くなって撤去《てっきょ》、または建て替えの際の費用などが細かく試算されている。挙《あ》げ句《く》『こうしたものは、長期にわたり町の財政に

負担をかけ続け、ついには破綻《はたん》に導く毒である』と手厳しい。

ひどく辛辣《しんらつ》な言葉だが、ちゃんとしたデータに基《もと》づいた評価なので、ぐうの音《ね》も出なかった。

『この補助金は、他地区の人が納めた税金である。その血税をこうしたことに使うことはできない』

評価書は、そう締《し》め括《くく》られていた。

とはいっても、補助金は一年で使いきることが前提で、基金なんかも作れないんだから、仕方がないじゃない。

私はがっくりと肩を落とした。

通知書の末尾には『評価者／南予町町議会議員　山崎孝一《こういち》』と署名があった。

強硬に反対した議員って、山崎さんだったのか。

もともと頑固で偏屈な人だったのは判っているが、こうまで辛辣に叩《たた》かれるとなあ……。

どっと落ち込んでしまう。

私は窓の外を見た。

山の緑がすっかり濃くなっている。

今年も厳しい夏になりそうだ。地球温暖化が進んでいるから、来年はもっと厳しくなるかもしれない。祥子さん、大丈夫なのだろうか。

私は、ぎゅっと歯を食いしばった。

不採用になったのはがっかりだけど、再公募というのだから、チャンスはまだある！

もう一度挑戦する！

私は、席から立ち上がった。

「北さん、今日、有休になりませんか」

北室長は目をぱちくりさせた。

「急ぎの用はないですから、かまいませんが」

「何するの？」

普段は私のことなど目にも入っていないって態度の一ツ木さんが、不躾《ぶしつけ》にも聞いてきた。

「私はもう一度応募します。だから、議員に会って、私の真意を伝えたいんです！」

一ツ木さんは、「ムダじゃない？」とボソリと呟《つぶや》いた。

その言葉に私はかっとなった。

「ムダかどうか、やってみないと判らないでしょ！」

私は、推進室を飛び出した。

と、まあ……怒りにまかせて山崎さんの屋敷の近くまでスクーターを飛ばしてきたわけなんだけど……冷静に考えて、アポなしで突然訪問するっていうのは「ない」よね。道すがら、S字カーブでうっかりスリップしそうになったし。バイク用の手袋を着《つ》けるのも忘れていたから、もし転んでいたらどうなっていたか。

私、どうかしてる。

評価書の内容に気が動転したこともあるが、一ツ木さんのセリフですっかり頭にきていた。

実は、この案を出す前に、一ツ木さんの意見を聞いて参考にしようと思ったことがあるんだ。頭だけはいい人だからね。でも、一ツ木さんも代案を出すって言っていたから、頼みにくかった。

あんなにも頭にきたのは、そんな風にあの一ツ木さんにふと期待してしまった自分にも腹が立ったからなのかもしれない。

私は山崎さんの屋敷の前にスクーターを停《と》めると、深呼吸した。

冷静にならないと。

どうしても、やらなくちゃいけないことだから。

山崎さんが最初に指摘していた『無駄な空間』について、説明しなくちゃいけない。

山崎さんは、祥子さんがあの小屋にひそかに住んでいることを知っている。だから、そうと書かなくとも『無駄な空間』が小早川さんと祥子さんのためのものだということに、気づいてくれるのではないかと期待したんだ。

私が甘かった。

気づかれなかったのかもしれないし、気づいたとしても、そんなに大切なことだとは思ってくれなかったのかもしれない。

しっかりと話をしておかないと、再挑戦の提案書でも却下《きやっか》されてしまう。

私はあらためて、山崎さんの屋敷の門を見上げた。

山崎さんは代々続く豪農の家の当主だ。

高い塀《へい》に囲まれた屋敷の内部は、外からでは覗《のぞ》けない。敷地はゆうに千坪を超えているんじゃないかな。

門構えだけ見ても、入るのはちょっと気後《きおく》れする。

それに山崎さんは、もともと頑固で有名な人だった。

推進室に関しても「役割がはっきりしていない部署なんか潰《つぶ》してしまえ」と否定的だっ

たのだ。

一ツ木さんが、家を出て疎遠《そえん》になっていた息子さん一家との仲を取り持ったことで、なんとか、お取り潰しには遭《あ》わずに済んだという経緯がある。おまけに、息子さん一家と同居し始め、お孫さんを溺愛《できあい》するようになってからは、人格もずいぶん丸くなったようだ。息子のお嫁さんのことも大切にしているという。

だから期待した面もあるが、それが私への逆風になりかねないことを今、思い出してしまった。

その時、突然、私の背後に地響きのような震動が迫ってきた。

振り返ると、レジャー用の車が轟音《ごうおん》を立てて通り過ぎていく。

ここにも、頭の痛い問題が一つ。

実はこの道は、星空が美しいということで有名になりつつある渓《たに》に続く道なのだ。夜中であろうが早朝であろうが、観光客が構わず車で往来している。その騒音で眠っている孫娘が目を覚ましてしまうと、山崎さんは怒っているらしい。

「星空を観光資源にする」とぶち上げたのは本倉町長だが、『渓の銀河』と銘打《めいう》って推進室が裏でＰＲに動いていたことがもし山崎さんに知られていたら、私は相当に反感を買っていそうだ。

「こんにちは」

門の外からおそるおそる投げかけた声は、ちょっと震えてしまった。

応《こた》える声は聞こえない。

私はそっと門をくぐった。

こんな場合、南予町の人たちは遠慮なく玄関まで行く。顔見知りともなると、勝手に玄関をあけて、上《あ》がり框《がまち》に腰を下ろして家の人の帰宅を待つなんてことも許されるのだ。そういう慣習があるとは知っているが、松山育ちの私には、なかなか真似《まね》できることではない。

ともかく、何度か「こんにちは」と言いながら、奥に進んだ。

門のすぐ先には、農機具を仕舞《しま》う納屋《なや》が建っている。典型的な農家の造りだ。

あれ、なんだろ?

納屋の壁になにか貼ってある。

『星を見にきたお客様へ。お休み一〇〇円、シャワー利用一〇〇円、洗濯一〇〇円　食器洗い一〇〇円』

納屋前の水道の横には、綺麗に洗われた茶碗や汁椀が、カバー付きのプラスチックケースにきちんと並べて置かれていた。

うーん。

山崎さん、観光客相手に商売なんて始めたんだ。車の騒音には文句を言っていたのに。

やっぱり偏屈なんだなあ。

足取り重く歩いて、ついに玄関の前に突き当たった。

「こんにちは」

意を決して、かなり大きめの声を出してみる。しかし応える声はない。

留守なのかな。それとも、屋敷が広すぎて奥まで私の声が聞こえないのかな。これ慣れないんだけど……玄関を開けて「ごめんください」って言うの……。

やっぱり推進室で電話番号を聞いて、アポ取ってからの方が良かったかな。

その時、背後で音がして、驚いて振り返った。

門から入ってきたのは軽トラだ。屋敷のほうにばかり気を取られていて、近づいてくるエンジン音に気づかなかった。

「ああ、役場の沢井か」

運転席から山崎さんが顔を覗かせた。

不機嫌《ふきげん》そうな顔でぼそぼそしゃべっている。

「あのう……。私の提出した企画のことで……」

山崎さんは眉《まゆ》を寄せると車を降り、「中で聞こう」とすたすた玄関に入っていってしまった。

「はい」

玄関先でもいいと思っていたが、奥座敷にまで通されて恐縮してしまう。

「家内と息子は仕事、嫁は幼稚園に孫を迎えにいっていて、茶も出せんが」

「いえ、おかまいなく」

私は、勧《すす》められた座布団《ざぶとん》も辞退して、さっそく『クラインガルテン南予町整備計画』を大きな座卓の上に置いた。

「これが何か」

私は前置きも抜きに、この計画の「もう一つの目的」、そして祥子さんの窮状《きゅうじょう》について切実に訴えた。

難しい顔をしていたが、山崎さんは黙って最後まで聞いてくれた。しかし、私の説明が終わった後も、しばらく黙ったままだ。

「あのう……」

沈黙に堪《た》えられず私が再び口を開くのを、山崎さんが遮《さえぎ》った。

「私がこれについて何か言う必要はない。私が言いたいことは全て評価書に書いてあるはずだ。用が終わったのなら帰ってくれ」

少しでも取っ掛かりがあれば言い返す言葉もあったが、山崎さんの、対話すら拒絶《きょぜつ》する冷たい対応に愕然《がくぜん》とし、言葉を失った。

「おじゃましました」

私は肩を落とすと、それでも丁寧《ていねい》に一礼し、山崎邸を辞した。

一週間が経った。

気温は日に日に上がっている。

「今年の夏は平年並み」と気象庁は発表しているが、ここ数年、その「平年並み」がけっこう厳しいんだ。祥子さん、大丈夫かな。

あれから『クラインガルテン南予町整備計画』を改良しようといろいろ考えているのだが、全然いいアイデアが浮かばない。

その一方で南予町内では、山崎議員に対する評判ががた落ちしていた。

止《よ》せばいいのに、一次、二次審査で落ちた企画の提案者に対しても、厳しい評価書を送りつけたらしい。

偏屈にしても程がある。

本倉町長に送られた評価書など、読んだ本倉町長が一晩寝込むぐらいの辛辣なものだったという。

もっとも、町長は翌日にはすっかり復活して、『新・南予町「心霊の里」売り出し計画』なるものを作成し始めた。ホント、懲《こ》りない人だな。

私は、今日、何度目かのため息をついた。

祥子さんをめぐる状況は悪化している。

テッちゃんによると、貸し農園の小屋に住む謎《なぞ》の女性の噂は、やはり町内に広がっているみたいだった。

たいていの人は「そんな馬鹿なことが」と鼻で笑うだけだったが、中学生のグループが小屋の手前まで興味本位で入り込んできて、小早川さんに追い返されるという出来事もあったと聞く。

私は推進室の席で、文字通り頭を抱《かか》えた。

「やあやあ」

ああ……このハイテンションな声……。

よりによってこんな気分の時に、来ちゃったよ……、本倉町長……。

「何かご用でしょうか」

北室長が、いつものように穏やかに本倉町長を出迎えた。

「うん。ちょっと推進室のみんなに見てもらいたいものがあってね。私の『新・南予町「心霊の里」売り出し計画』を後押しする動画なんだ」

「本倉町長が、動画をお作りに？」

「いやいや、私の知らない人が動画サイトにアップしたんだよ。愛媛県南予町で幽霊《ゆうれい》を撮影したってね。『渓の銀河』を夜通し観察していた観光客の車のドライブレコーダーに偶然映っていたものなんだそうだ。すごい美人の幽霊でね。タイトルも素敵だ。『夜、歩く姫』というんだ」

なんですって⁉　祥子さん……ついに動画にまで撮られたんだ……。

私の目の前は真っ暗になった。

「観てみたいですな」

北室長の言葉に気をよくした本倉町長が、持っていたスマホに指を当てた。

「二週間くらい前にアップされた動画でね。私は今朝《けさ》、気づいたんだよ」

本倉町長が嬉《うれ》しそうにスマホを操作するのを、気づけば北室長と一ツ木さんが取り囲むように注視していた。

観るのも恐ろしかったが、私はしかたなく、北室長と一ツ木さんの間に割って入って、本倉町長のスマホの画面を覗き込む。

それは、確かにドライブレコーダーの映像だった。撮影時刻の表示からすると夜明け前のようだが、まだ暗い。

「撮影場所は、『渓の銀河』の登り口あたりか」

一ツ木さんが呟くように言った。

ヘッドライトの明かりに照らされて、一瞬、女性の影が浮かび上がった。肩口の辺りで切り揃えられた髪が揺れる。しかし、あっと思った時には、画面から忽然《こつぜん》と消えてしまった。

「どうだ」

得意満面といった様子で、本倉町長が胸を張った。

「どうだと申されましても……。あれ、うちの三崎紗菜さんですよね」

いや、北さん、それ間違いです。

祥子さんが紗菜さん似だと知らない人が観たら、そう思うのだろう。遠目ではっきり映っていないから、私も見間違えたかもしれない。

でも、髪の長さが違う。

動画に映っていた女性の髪の長さは、確かに今の紗菜さんと同じくらいだが、この動画が撮影されたのは二週間前だ。紗菜さんが髪を切ったのは一週間前だったから、髪はもっと長かったはず。

やっぱり、映っているのは祥子さんだ。私も祥子さんの姿は初めて観た。

「なあんだ」と一ツ木さんが馬鹿にしたような声を上げた。「S字カーブでヘッドライトが照らす空間が移動した間に、三崎さん、木の陰《かげ》に隠れたんですよ。それは運転していた人も判ったはずです。そんな映像を、興味を惹《ひ》くようなコメントをつけてアップする……よくあるタイプの動画です」

本倉町長が眉を寄せた。

「そんなことはどうでもいいんだ。これをネタにして『心霊の里』を売り出せるかもしれないじゃないか」

一ツ木さんはやれやれというように首を振った。

「逆効果ですね。この動画を利用しようとしても、映っているのは三崎さんだということはすぐに判ります。しかも、まずいことに三崎さんは町長秘書ですよ。この映像は『心霊の里』を売り出すために町がしかけたものだと判断されますね。そういうのネットユーザーは一番嫌います。炎上間違いなしです」

一ツ木さんがばっさりと切り捨てた。

「そうです。批判にさらされるのは南予町町役場、三崎紗菜さんです。特に『心霊の里』を売り出そうとしている本倉町長は叩かれまくるでしょうね」

「そ、そうかな……」

その言葉に本倉町長は震え上がった。

「それはいかん。今の話はなかったことにしよう。問い合わせがあったら、映っているのは生きている人だと答えさせよう」

そう言うと、本倉町長は肩を落として静かに推進室を出ていった。

まあ、明日には復活しているのだろうが。

でも……あれ？　何か変だ。

動画によると、『渓の銀河』から町の方に戻っていく車が、祥子さんとすれ違っていた。

それって変じゃない？

夜明け直前なら、祥子さんは『クラインガルテン南予町』に戻ろうとしているはずだ。

なぜ逆方向に向かっているのだろう。

私の中で何かが閃《ひらめ》いた。

今まで、ただ、祥子さんのことをなんとかしたいっていう思いで頭がいっぱいで、気づかなかったこと……、それが少しずつ形をなしてきたような気がする。

確かめないと。

「北さん、すみませんが、今日も有休ということでいいですか」

「いいですよ。特に急ぎの仕事もありませんし」

「あと、山崎議員の電話番号を教えていただけますか」

「議員名簿にあったはずです」

北室長は、机の中からファイルを出した。

私は電話番号をスマホに登録すると、北室長に一礼し、推進室を出た。

「お仕事中、戻っていただいて申し訳ありません」

私は、門で出迎えてくださった山崎さんに頭を下げた。

山崎さんは腕を組んで「どうしてもというから畑から戻ったが、なんだ」と低い声で言った。

「ちょっとお願いがあるんです」私は門をくぐって納屋の前に立った。「実は、私も星が好きで、夜通し星を見ることがあります。ですが、渓に行った時、そのまま家までスクーターで一気に下ったら危ないかと思いまして。ここ、一〇〇円で休憩できるのですよね」

「沢井の家は、ここから一里も離れてないだろう」

「徹夜の後では危険ですよ。特にこの先には、睡眠不足で走ったら危なそうなS字カーブがありますし」

「判った。客間で寝ていくがいい」

「いえ。私はこの納屋を使いたいのです」

「そっちは……ただの納屋だ……」

山崎さんは口ごもった。

「あれ？　休憩って、納屋での休憩のことじゃないんですか」私は、納屋の裏に回った。

「あら、洗濯機だけじゃなく、クーラーの室外機までありますよ。ずいぶん快適そうですが。それにこの前、山崎さんが軽トラで戻ってこられた時、私が気づかないほどエンジン音を絞《しぼ》っておられましたよね。快適に眠れそうです」

その言葉に山崎さんははっきりと狼狽《うろた》えた様子を見せた。

あー、判りやすいなこの人。

「納屋は……」

山崎さんは繰り返した。

「そう。納屋は貸していただけないのですよね。こっちは、たった一人のお客さん……祥子さんが眠る場所ですから」

山崎さんは、しばらく目を泳がせた後、「……誰に聞いた」と肩を落とした。

「いえ、誰にも聞いていません。ただ考えたんです」私は、納屋に貼られた紙を指さした。『星を見にきたお客様へ。お休み一〇〇円、シャワー利用一〇〇円、洗濯一〇〇円食器洗い一〇〇円』と書かれたあの紙だ。「これ見た時、観光客相手なら、なぜ門の外に貼り出さないんだろうと思いました。そんな必要はなかったんですね。来るのが判っている人だけに向けたものだったのですから」

山崎さんは唸《うな》った。

「そう。祥子ちゃんの心の負担にならないように、あくまでお金を貰ってという形にしてある。祥子ちゃんは、暑くなりそうな日にはここに来て、律儀《りちぎ》に一〇〇円を置いていく。洗濯する時や、冬にシャワーを使いたい時にもだ」

「あと、少し離して書かれた『食器洗い一〇〇円』というのは、意味が違いますよね。私が来た時、このケースの中には綺麗に洗われた茶碗や汁椀が並べられていました。ああいうのは普通、観光客が持ち歩くものじゃないです。紙皿や紙コップでも用は足りてしまいますからね。あれはおそらく、祥子さんが山崎さん家《ち》の使用済みの食器を洗ってくれたものでしょう？　その代わり、小早川さんの言う『お志』として、山崎さんは一〇〇円を渡していた……とか」

山崎さんは頷いた。

「ああ。渡すというか、その日は『お休み』との相殺《そうさい》ということになっていた」

なるほど。

それでも足りない分は、小早川さんや葛西さんが貰っていた『お志』から出していたのだろう。

「一体、いつから祥子さんはここに通っているのですか」

「貸し農園から祥子ちゃんたちが追い出されないようにしてくれって、沢井に頼まれた時からだ」

山崎さんの言葉に私は愕然とした。

「それって一年以上前のことですよね」

「ああ。その少し前に、息子一家と同居を始めたのは知っているだろう。推進室の一ツ木が取り持ってくれたおかげもあってな。息子の嫁とそんなに歳の変わらない祥子ちゃんが苦労をしていると知ったら、我慢できなかった。それに、ひょっとして孫娘が成長した時、こんな苦労を味わうかもしれないと思うと、いてもたってもいられなくて、どうかうちを使ってくれと、何度も小早川さんを通じて祥子ちゃんに懇願《こんがん》したんだ。最初は酷く暑い日や寒い日だけ使ってくれていたが、今は、ずっとここで過ごしている」

山崎さんは納屋に視線を移した。

「それならそうと私に言ってくれればよかったのに……」

「それは……」

山崎さんは口ごもった。

あー。

この人は判りやすい。

一週間前、私が押しかけてきて一方的に祥子さんの窮状を訴えた時、山崎さんが難しい顔をしていたのは、きっとどう対応しようか混乱していたんだ。何も言わなかったんじゃなくて、実情を言えなかった……。

「どうして教えてくれなかったのですか。おおかた、私にしゃべることは誰かに止められていたのですね。そんなことをしそうなのは、室長の北ですが」

「いや……、そんなことは……」

やっぱり北さんだ。

北さんの考えは何となく判る。

祥子さんの存在には、いずれ町民の誰かが気づくだろう。なにしろ、ものすごい美人なのだ。その女性はどこに住んでいるのか。『クラインガルテン南予町』の小屋には、外から流れて来た人がいる。しかも、町役場の女性職員が時々心配して訪れている。ということは……そんな風に、あの小屋に町民の意識を向けさせる。

私は、はっと思い当たった。

先週月曜日の朝、私の狼狽えぶりを見て、テッちゃんは一発で、あの小屋に女性が住んでいるって気づいてしまったじゃない。そんな私を北室長は利用した。実際には小屋にいない人が、あたかもそこにいるかのように意識を誘導させたわけだ。そして、小早川さんもその話に乗った。

……私も判りやすい人だったんだ……

はあー。

私はため息をついて肩を落とした。

「ついでに、私の提案書についていた評価書。あれ、山崎さんの書いたものではないですよね」

「いやいや、あれは私が書いた」

山崎さんの額《ひたい》に汗が噴《ふ》き出た。

本当に判りやすい。

「ご自分の評判を落とすような評価書を、なぜ山崎さんご自身の名前で？」

私は問い詰めたが、山崎さんはただ首を振るばかりだ。

しかし、あの厳しい評価書は、こんな人が書けるものじゃない。

そして、南予町で、あんな緻密《ちみつ》で辛辣な評価を書ける人を、私は一人しか知らない。評価書を受け取って動転した私が、山崎さんに直談判《じかだんぱん》すべく推進室を飛び出そうとした時、一ツ木さんは「ムダじゃない？」と言った。審査過程は非公開だったはずだ。あの時、私が受け取った評価書を誰が書いたのか、誰に会おうとしているのか、私は一ツ木さんに一言も言っていない。一ツ木さんは、肝心《かんじん》の私の提案書にも目を通していない。それなのに一ツ木さんは、ムダだと判っていた。

それって、最初から審査の過程も結果も全部知っていたっていうか、裏で山崎さんを通じて審査会に影響を与えていたってことじゃない。

有休を貰ったものの、他にすることがなくて、私は推進室に戻った。

「おや、今日はお休みにしたのでは」

北室長が、例の狸《たぬき》顔で目をぱちくりさせた。

「知らぬ間に、北さんや山崎さんのお力で祥子さんの問題が片付いていたので、やることがなくなってしまいましたから」

「何のことでしょう」

北室長は、まだすっとぼけている。

この狸のおじさんは、どれだけ私が祥子さんのことを心配したか、判っているのかな。

まあ、祥子さんが無事に夏を過ごせることが一番大事だし、今回の一件では、いろいろ学べたからいいけどね。提案書の書き方とか、建築のこととか……。あと、自分だけの思いで突っ走っていると、大切なことを見落としてしまうかもってことも……。北室長は私を成長させようとしてくれたのだと思ってあげよう。

私は、自分の席に着いた。

一ツ木さんは相変わらず、難しそうな本を読んでいる。

この人もだ。

一ツ木さんは、祥子さんの「心霊動画」がネットにアップされたことを、本倉町長が発見する前に知っていたんだ。祥子さんが紗菜さん似だと知っている一ツ木さんは、紗菜さんを祥子さんの影武者に仕立て上げるために、一緒に松山に行って、紗菜さんに髪を切って貰った。「デートではない」って紗菜さんが言っていたのは、そういうことだったんだ。

そうだよね。

デートならその前に髪整えるはずだし。

……そういうことだったんだ……

みんな、何も言わないけれど、祥子さんを守ろうとしていたんだ……。

でも、一ツ木さんについては、まだ判らない部分がある。なぜ一ツ木さんは、山崎さんを通じて、最終審査に残った五つの案をすべて不採用にさせたのだろう。どうしてわざわざ辛辣な評価をつけたのだろう。

代わりに自分の案を通すため……というのなら判る。しかし、そもそも一ツ木さんは公募に自分の案を提出していないのだ。それなのに「この補助金を使って、国と戦う案はある」と言っていた。

山崎さんも山崎さんだ。「ご自分の評判を落とすような評価書を、なぜ山崎さんご自身の名前で？」という問いに、頑《がん》として答えようとはしなかった。

全然、判らない。

判りやすい私は、判りにくい二人に挟まれて、今日何度目かのため息をついた。

第三話　恩師の秘密

少し早めにスクーターで家を出た私は、役場に出勤する前に『クラインガルテン南予町』に向かった。『クラインガルテン南予町』は南予町が耕作放棄地などを借り上げて、一般に貸し出している家庭菜園だ。けっこう評判が高く、松山市など都市部の人たちも休日に車でやってきている。

その『クラインガルテン南予町』には、小早川正継さんという初老の男性が住民票も移さず、小さな小屋を建てて住み着いている。ちょっと前までは、同居人がいた。大学入試に失敗した葛西龍太郎さんという男の子と、何か辛《つら》いことがあってすっかり心を痛めてしまった祥子さんという女性だ。ところが大学入試に再挑戦した葛西さんは愛媛大学の医学部に合格し、今は松山に下宿している。祥子さんも、町議会議員の山崎さんの離れみたいなところで暮らし始めたようだ。今『クラインガルテン南予町』に定住しているのは、小早川さんだけということになる。

一人暮らしだと、やっぱり体調が心配だ。今朝は出勤前に、小早川さんの様子をみるつもりだった。

私はぶるっと体を震わせた。

いつのまにか秋になっている。山には色づきはじめた木々も見えた。

明日からは、スクーター出勤にはもう少し厚めの服を着た方がいいかな……なんて考えている内に『クラインガルテン南予町』が見えてきた。

収穫の時季を迎え、休日ともなると駐車場はいっぱいになるくらいだが、平日の朝はさすがに車の影はない。

私は農園の入口にスクーターを停め、中の様子を窺《うかが》った。

小早川さんが、枯《か》れたトマトか何かの株を始末しているのが見えた。

きっと、農園を借りている誰かに「お志《こころざし》」をいただいて、手伝っているのだろう。

「お志」っていうのは、お金だったり、穫《と》れた作物だったりする。それで小早川さんは生活しているのだ。葛西さんも、学校のない日には松山から戻ってきて、小早川さんの農作業を手伝っているようだ。

夏の間にすっかり日焼けした小早川さんは、慣れた様子で、枯れた株をまとめている。

どうやらお元気のようだ。

何より、何より。

奥には、小早川さんが住んでいる箱のような小屋が見えた。一見、頼りない造りに見えるが、幸《さいわ》いにもこれまで風水害で壊れるようなことはなかった。

先日、南の海上で台風が発生したとニュースで報じられたのが、気がかりではあるのだが……。

私はスマホを取り出して、天気予報のページを見た。台風の進路予測は今のところ変わっていない。四国のはるか南を通り過ぎるようだ。最も北寄りの進路をとったとしても、南予町は強風域を少しかすめる程度でしかない。

多分、今回もあの小屋は大丈夫だろう。

私はちょっとほっとした。

とはいえ、来年以降、大型の台風が四国を直撃しないとも限らない。その時、小早川さんの小屋がどうなるか不安だ。

……私の出した『クラインガルテン南予町整備計画』……残念だったな……

今年、南予町が加盟している広域行政組合一市四町の自治体に、国からそれぞれ一億七五〇〇万円の補助金が出ることになった。なんでも『町おこし・地方の人口対策のモデル地域』にするらしい。南予地域の他にも、全国で九つの広域行政組合が選ばれた。

その補助金が、一自治体につき一億七五〇〇万円！

町議会は、議員や町役場の職員だけでなく、一般住民からも南予町の発展に繋がるようなアイデアを募集した。

私は『クラインガルテン南予町整備計画』を提案した。

周辺の農家に協力を仰《あお》いで菜園を広げ、真ん中に管理棟を造る計画だった。もちろん町の振興《しんこう》が主目的だが、小早川さんたちがそこに住み暮らせるかもという思いがあったのだ。

でも、私の案は最終審査で落ちてしまった。のみならず全ての応募案が不採用となったので、すぐに再公募となったが、応募数は激減した。返送された一回目の応募案にとんでもなく辛辣《しんらつ》な評価書が添付《てんぷ》されていたので、みんな意気消沈《いきしょうちん》してしまったのだ。その評価書は町議会のボス、山崎議員の名で書かれていたが、私は、一ツ木さんが作ったんだと睨《にら》んでいる。それでもめげずに私は『クラインガルテン南予町整備計画（改）』を提出したが、やっぱり厳しい評価書とともに戻ってきた。二回目の公募でも採用者はゼロだった。

これで、私の『クラインガルテン南予町整備計画』はタイムアップとなってしまった。仮に次の公募で受かっても、それから施設の設計・施工《せこう》を年度内で行なうのは無理だからだ。

ただちに三回目の募集がかけられ、現在、町議会で審査中とのことだが、おそらく応募数はさらに減っているだろう。

それは、厳しい評価書のせいもあるが、補助金の内容のせいでもある。

国の経済対策の一部ということもあって、補助金には「単年度で使いきらないといけない」とか「基金を作ってはいけない」とか「単一の事業に集中して使うこと」といった異例の条件がつけられているのだ。当初その条件について、私はあまり重視していなかった。しかし秋口を迎え、この条件がいよいよネックとなってきた。いわゆる「箱物建設」を伴《ともな》う案は、もう出せないだろう。「町のＰＲアニメの制作」なんていうのも時間的に無理だ。一年で使いきりが条件だから、何かのイベントを催《もよお》すくらいしか手立てはない。

あとは、町独自の商品券を作って全住民にばらまくとか。

……いくらなんでも、それはないな……。

時間が経《た》つにつれ、どんどんやれることの範囲が狭《せば》まっていく。

それゆえ、評価書に名を出している山崎さんの評判はこのところがた落ちだ。次の町議会選挙では山崎さんに投票しないって公言する応募者もいる。

でも、なぜ損な役回りを引き受けたのか、山崎さんは口を開こうとしない。こうなると山崎さんは頑固《がんこ》だからね。おまけに普段《ふだん》は対立しがちな若手議員の林さんまでもが、山崎さんに同調している。

まさか一ツ木さん、いつの間にか町議会を掌握《しょうあく》しちゃっているのでは……？

一ツ木さんはこの補助金を使って「国と戦う」と言っていたが、どんな腹積もりなんだろう。使い道の幅を狭めた時点で、自分の案を通すためだろうか。その案に議員さんたちは、既《すで》に賛同しているということかな。

などとうっかり考え込んでしまっていた私は、はっと気づいた。役場の始業時間が迫っていた。

私は、慌《あわ》ててスクーターを発進させた。


「すみません、遅れちゃいました？」

「いいえ、大丈夫ですよ」

北室長が、いつもの狸《たぬき》顔の笑みで迎えてくれた。

一ツ木さんはいつもの通り、読んでいる本から目を上げないし挨拶《あいさつ》も返さない。

私は席に着くなり「町議会の様子はどうですか？」と北室長に聞いた。

「初めて意見が割れたそうです」

「意見が割れた？」

「はい。ある案に、林議員が賛成したそうで。来週に結論を出すことになったようですよ」

「来週って……。そんなにのんびりしていていいのですか。他の町では、着々と進んでいるようですよ。ジビエの缶詰工場とか、地元産品の販売所、それに、観光資源にするための巨大なモニュメントとか。それから……」

私はちょっと言いよどんだ。

一ツ木さんが、本からちらりと私に視線を向けた。

「別に、僕に気を遣《つか》わなくてもいい。隣の伊達町《だてちょう》のことだろ。空き家・廃屋《はいおく》対策を始めた」

そう、空き家・廃屋対策は、補助金の話が出た時、真っ先に一ツ木さんが出してきた案だ。その計画は一ツ木さんにしてはちょっとありきたりな感じがして、私は引っかかっていた。一ツ木さんなら、もっとすごいことを考えるんじゃないかと思い込んでいたからだ。一ツ木さんの計画書には、商店街の再開発と、町のあちこちにある空き家・廃屋の撤去について、事細かに書かれていた。特に空き家・廃屋に関しては、取り組みの優先順位まで設定する念の入れようだ。

一朝一夕《いっちょういっせき》に成《な》るとも思えないから、一ツ木さんがずっと温めていた腹案なのだろう。ところが国会で「補助金は一年以内に使いきり、基金などを作って翌年に回すようなことをしてはならない」と決まった時に、一ツ木さんは自分の案を取り下げた。

推進室では、北室長と一ツ木さんが常時、空き家対策を担当しているが、この二年以上かけて四軒しか解決できていない。それほど大変なことなのだ。

更地《さらち》にして売りたいと思っても、既存《きそん》の物件を取り壊すにはかなりの費用がかかるうえ、田舎《いなか》だから売れるとは限らない。更地にすると税金が高くなることもある。さらに、所有者が死亡していて相続人が多数いたりすると、相続人捜《さが》しや、相続手続きの助言などにものすごい手間が掛かる。

解決した四軒の内の一軒、萩森さんのお宅などは、比較的楽なほうだったらしい。萩森さんは、すぐに相続を受け入れ、ちゃんと修繕《しゅうぜん》してくれた。有難いことに、萩森さん自身が南予町に住んでくれることにもなった。萩森さんは、幼馴染《おさななじ》みの女性・大塚さんの働いている工場に入社し、土日には「南予町学問所」で、大塚さんと机を並べて勉強している。机を並べるといっても、それぞれ、インターネットを通じての勉強なので、萩森さんと大塚さんは別々の教科を学んでいるらしい。そして、時に萩森さんは、得意の数学を大塚さんに教えたりしているようだ。

二人の仲が進展するのか興味津々《しんしん》だが……今は、そんなことを案じている場合ではない。

「空き家・廃屋対策って大変ですよね。伊達町は一年で補助金事業を完成させることができるのでしょうか」

一ツ木さんは苦い顔をした。

「伊達町では既に、補助金を使って一五〇軒近く解体を始めている。おそらく補助金はそれで使いきることができるだろう」

一五〇軒⁉

「どうしてそんなに？」

伊達町の役場の規模は、南予町とそう変わらない。ベテラン狸の北室長と、頭だけはいい一ツ木さんが業務の片手間とはいえ、二年以上がんばってたった四軒しか解決できなかったというのに。

一ツ木さんがフンと鼻を鳴らした。

「だから、国が動いているんだよ。そうでもなければ、全国に散らばった相続人たちの調整なんかできるわけがない。しかも、ちょっと調べたら、そうしてできた更地を、聞いたこともない不動産業者が買い付けている。というか、相続人たちに買い取りをもちかけている。しかも解体費用の補助の恩恵《おんけい》は一年間しか受けられない。相続人たちは急ぐだろう。土地ではなくお金なら、相続人が複数いても分けることができるしね」

一ツ木さんの言葉の中に、ちょっと気になる言葉があった。

「その、聞いたこともない不動産業者って……」

「多分、国と話をつけた大手ディベロッパーのダミー会社だろう」

一ツ木さんの言っていることが判《わか》らない。

「一ツ木さんは何でも国に結びつけて考えているようですけど、今の時代、民間の会社が、国の言うことだからって、はいはいって従うんでしょうか」

「もちろん、民間会社の最優先事項は利益の追求だ。彼らは、伊達町の未来を見据《みす》えて投資していると見るべきだろう」

「伊達町の未来？　国は伊達町で何をしようとしているんですか」

「僕が言ったことをもう忘れたのか」一ツ木さんは顔をしかめた。「国と地方は戦争をしているんだよ」

全《まった》く判らない。

伊達町だって南予町と同じ、地方自治体だよね。

一ツ木さんは南予町が生き残るために空き家・廃屋対策をしようとしていた。でも、同じことをもっと強力に進めている国が、地方と戦争？

そこで、一ツ木さんはもう説明する気がなくなったようだ。視線を本に戻してしまった。こうなってしまった一ツ木さんに何を聞いても反応がないことを、私はすっかり学習してしまっている。

その時、推進室のドアがノックされて、受付の職員に促《うなが》されるように中年の男性が入ってきた。

「忽那《くつな》先生……」

忽那先生はちょっと瞬《まばた》きして「ああ、沢井さん、お元気そうでなによりです」と頭を下げた。

忽那先生は、私が小学六年生だった時の担任の先生だ。厳しい一面もあるけれど、一本《いっぽん》気《ぎ》で、子どもたちに慕《した》われるいい先生だった。私が読書好きになったのは、忽那先生の国語の授業を受けてからだと思う。

今から思うと不思議な縁だが、忽那先生は、南予町の小学校から、当時私の通っていた松山の小学校に転任されたのだ。

通常、愛媛県の公立小中学校の先生は、いくつかに分けられた管区の中で異動されている。しかし忽那先生は、管区を越えて田舎の小規模校を中心に巡ってこられた。忽那先生の専攻は国語科だが、図画工作を教えるのも得意だったようだ。私が通っていた松山の小中学校は大規模校だったから、どこの学校でも図画工作や音楽などは、てっきり専任の先生が教えて下さるものだとばかり思っていた。しかし大人になった今なら、南予町でそんなことは無理だって、ちょっと考えれば判る。南予小も南予中も一学年一クラスしかないから、図画工作や音楽だけを専門に教える教師を揃《そろ》えるなんて、とてもできない。

さらに忽那先生は中学高校の「美術」の教員免許をお持ちだ。先生が卒業された大学の教育学部には、主な専攻以外に、音楽や美術の教員免許を取得できる教育プログラムがあったそうだ。そこで忽那先生は、学生時代に美術を選択されたわけだが、驚くのはそれからだ。最初の僻地《へきち》校に転任して現場で美術を教えてみると、ご自分の能力に不満を感じられたという。奮起《ふんき》した先生は、独学で美術の勉強を必死になさった。そしてなんと、全国の美術展で入賞するまでに上達したのだ。

その入賞は偶然ではなかった。翌年も、その次の年も、先生の作品は高い評価を受けた。

教育学部を出た人が、美大出のプロも出品する場で競って入選だよ。地方紙に大々的に取り上げられた。その時の新聞の切り抜きは、今でも持っている。

私の担任だった忽那先生がって思うと、すごく誇《ほこ》らしかった。全国放送で『僻地校の画家教師』とかいう特番になったこともある。録画した映像は、今も松山の実家にある。

ところが、ある時からぱったり忽那先生の話を聞かなくなった。最近は美術展にも出品されなくなったようだ。絵の創作に対する情熱を失ったんじゃないかって、私の友人は残念そうに言っていた。

ただ、いまだに忽那先生は、小規模校を希望して赴任《ふにん》されているようだった。田舎の自治体としてはありがたいよね。国語を専攻されたのに、美術指導もできる。しかも、能力は日本の美術界のお墨付《すみつ》きだ。

そして今春、忽那先生は二度目の南予小赴任となり、再会が叶《かな》ったというわけだ。今は、南予中の美術部顧問も兼任して、指導されているそうだ。

お忙しいのか、春にご挨拶《あいさつ》に伺《うかが》ってからは会うこともなく過ごしていたが、まさか、推進室に来られるとは思わなかった。

「先生、今日はどうかされたのですか」

忽那先生は、何やら申し訳なさそうな表情を浮かべながら、私が勧《すす》めた来客用のソファーに腰を下ろした。

「実は、……ご存じの補助金の政策提案に応募したのですが、一回目も二回目も落選してしまいました。今回、また落選するかもしれません。それで、もし四回目の公募があった時のためにと、北室長に相談しにきました」

「いや、まだ町議会の審査は続いているようですよ」北室長が微笑《ほほえ》んだ。「忽那先生の案が検討されているようです」

へえ。

意見が割れたのって、忽那先生が出された案なんだ。

「そうなのですか」

忽那先生の顔が明るくなった。

「そういうわけで、最悪、忽那先生の今の案が不採用となっても四回目の公募がありますし、もし追加の資料があれば、今からでも提出されるとよいかもしれません」

「先日、北室長に『それなら』と伊達町の葉山《はやま》副町長を紹介していただきましたが、間に合うのですね」

「葉山副町長？」

それまで何の興味も示さずに難しそうな本を読んでいた一ツ木さんが、いきなり顔を上げた。

「はい。今日、ここで会うことになったのですよ」

伊達町の副町長・葉山怜亜《れいあ》さんは、中学、高校、大学を通じて一ツ木さんと同期だったらしい。いずれも最難関といわれる名門の中高一貫校と大学だ。葉山さんは、中退した一ツ木さんとは違い、ちゃんと大学を卒業して総務省に入った。そして三年ほど前、隣の伊達町に出向してこられた。

就任早々から、葉山さんは地元住民のための施策を次々と実現しており、役場の職員や住民からの信頼は厚い。たとえば、伊達町は南予町と同じく、高齢者の割合が高い。医療設備の充実した松山の病院に通う高齢者が多いと見るや、病院の傍《そば》に伊達町が運営する休憩所を設けるなど、ニーズに即した策を講じているのだ。

おまけに、葉山さんは本当に美人だし、エリート官僚とは思えないほど人当たりが柔らかく、笑みを絶やさない。伊達町ではずいぶんとファンも多いらしい。

「先生の案って、どんなものなのですか」

私が尋《たず》ねると、忽那先生はちょっと視線を落とした。

あれ？

さっき、私がソファーを勧めた時と同じ表情？

何か、申し訳なさそうな、ちょっと恥ずかしそうな……。

「……実は、私が南予小に赴任してきてすぐのことなのですが、テレビで東京の小学校の

ＩＴ教育の様子が放送されました。東京には児童一人一人がタブレットを持ち、教師が電子黒板を使って授業する学校があるようです。その次の日、その放送を見た児童が私に、僕らはいつあんなのが使えるのですか？　って質問してきたのですよ」

「その番組、私も観ました。最近の小学校って凄《すご》いんだなあって」

忽那先生は首を振った。

「それは、東京で昔から裕福な住民がいる区の小学校だったからこそできたことですよ」

「そうなのですか」

「沢井さんは、東京の豊かな区と南予町で、どのくらい教育予算の差があるかご存じですか」

「それは、まあ、東京の方が児童・生徒は多いでしょうし」

「公立小学校・中学校の、児童・生徒一人当たりです」

役場に勤《つと》めているのに不勉強な私は「判りません」と首を振るしかなかった。

忽那先生はため息をついた。

「東京の豊かな区だと、教育費は、公立小中の児童・生徒一人当たりで南予町の五倍あるんです。自治体の予算はウェブページでも公開されていますから、計算してみるといいですよ」

「五倍⁉」

「ええ。松山市だと、南予町の二倍くらいですが……。義務教育である公立の小中学校では日本全国、同じレベルの教育がされていると多くの人は思っていますが、これが田舎の現状なんです。もちろん、教育予算の項目も違うでしょうし、東京には私立校もある。それに全国の教員の給与の一部は国から補助があるから、単純に比較《ひかく》することはできません……。しかし、テレビで放映されていたようなＩＴ教育は、南予町ではとてもできません。その差を子どもたちに伝えることもできず、私は言葉を濁《にご》すしかありませんでした」

　また、忽那先生は目を伏せた。

「あ、それで、補助金をＩＴ教育に使おうと……」

　忽那先生は頷《うなず》いた。

「はい。南予小と南予中の子どもたち全員に持ち運びしやすい情報端末を与え、電子黒板などを整備する案でした」

　それはすごい！

　一気に、都会の小学校に追いつけるし、児童・生徒も喜ぶよ！

　その時、一ツ木さんが突然、質問を投げかけてきた。

「忽那先生は、そうした電子教育に肯定的《こうていてき》ですか」

一ツ木さんの質問に忽那先生は少し戸惑《とまど》った様子を見せた後、首を振った。

「必ずしも全面肯定しているわけではないです。実は、息子が幼稚園に入ったばかりの時、新しい物好きの私は、お絵かきソフト、造型ソフトの入ったパソコンを与えました。そうしたら、息子はクレヨンや筆で絵を描くことをやめてしまいましたから」

「どうしてですか？」

「クレヨンや筆では、何かを塗りつぶす時にどうしてもムラができる。それは味わいでもあるのですが、息子はそれを理解する前に、一瞬できれいに塗りつぶせるデジタルのほうに魅力を感じたのでしょう。さらに今は、３Ｄの造型も簡単にできます。画面上で完全な立体物ができる。３Ｄプリンターがあれば、手を汚すことなく、簡単に完璧《かんぺき》なものが手に入ります。しかもネットには既成《きせい》の３Ｄデータがいくつもありますから、自分の手で試行錯誤《しこうさくご》することもなくなってくるのではないか……。それが、教育上良いことなのか悪いことなのか、私には判断がついていません」

「判断できないのに子どもたちに与えるのですか？」

一ツ木さんの冷たい目で見つめられた忽那先生は、またため息をついた。

「今言ったことは、私の個人的な懸念《けねん》です。現在はいろいろと機器もソフトウェアも指導方法も改善されているでしょう。それ以上に、私は都会と田舎で起きている現実の差は、解消しないといけないと思っています。それで、情報教育について勉強して、町議会に応募しつづけているのですが……」

うーん。

最近、絵はお描きにならなくなったようだけど、一本気で熱心なところは変わらない。優等生にもやんちゃな子にも分《わ》け隔《へだ》てなく接する、公正を何より大切にされていた忽那先生にとって、都会と田舎の如実《にょじつ》な差を見るのは辛《つら》いのだろうな。

「私はいい案だと思います。パソコンが苦手な私が言うことではないように思いますが……。町議会ではこれまで、忽那先生の案のどこが問題にされたのですか」

「やっぱり格差です。今、全校生徒に端末を配ったとしましょう。しかし、五年もしないうちに、次々に故障する。使っているソフトのバージョンアップも次の年からはできない。その時、学校内で、端末を使っていた学年と使えなくなった学年ができてしまう」

ああ……。

ここにも単年度で使いきらないといけないっていう縛りがきいてくるんだ……。

「当然、周辺自治体との間にも格差が生じてしまいます。隣町の南予小では使っているのに、なぜうちは使えないのか。そう言う児童も出てくるでしょう」

うーん。

そこまで格差を心配していたら何もできないような気がするけど……。

でも、やっぱり公正で一本気な忽那先生はお変わりないなと、ちょっと嬉しいような気もした。

「それで、忽那先生の息子さんは、今は絵は？」

一ツ木さんは無礼な質問を続けた。

忽那先生はちょっと寂《さび》しそうな目をした。

「美術には何も興味を示していません。ただ、他県に進学して、そこでの僻地医を志望しているようです。その点は私に似たのかもしれませんが」

その時、ノックの音がして、職員に先導されて葉山さんが入ってきた。葉山さん、二つも大きなトートバッグを提げている。

北室長は葉山さんに忽那先生を紹介し、忽那先生の対面の椅子《いす》を勧めた。

葉山さんは挨拶もそこそこに、手にしたトートバッグをテーブルの上に置いた。

「北室長から忽那先生の素晴らしいご提案を聞き、感銘《かんめい》を受けました。それで、こちらの町議会を納得させる資料を持ってきました」

「えっ。今日はご相談からと思っておりましたが」

忽那先生は驚いた表情を浮かべた。

「こちらの町議会のこともありますから早いほうがいいでしょう。北室長から内容は伺っていますから」葉山さんはトートバッグの中から何冊ものファイルホルダーを取り出し、テーブルに並べた。「伺ったご事情に添うものを、昔の同僚や友人の協力で作って貰《もら》いました」

北室長は「本当にありがたいことです」と、葉山さんに頭を下げた。

「いえいえ。私も、『伊達町再生計画』にご協力いただいた北室長に御礼を言わないと。相続が複雑だった一件、北室長のご協力がなければ、難航していたかもしれません」

北室長は慌てて手を振った。

「いえいえ、相続人の一人が南予町に住まわれていたので、ご紹介しただけですよ」

へえ。

北室長、そういうこともやってたんだ。

「これからも、協力し合って、この地域を豊かなものにしていきたいです。よろしくお願いします」

「こちらこそです」

北室長は、もう一度、深く頭を下げた。

葉山さんは、テーブルに何部か置かれたファイルホルダーの一つを忽那先生に手渡した。

「こちらの議員さん全員分を作成しました。ご懸念の、長期的な運用で生じる児童・生徒間の格差ですが、こちらの会社との契約書案をご覧下さい」葉山さんは別のファイルホルダーを開いて、私たちに見せた。「五年間、機器のメンテナンスとシステムの更新を一括《いっかつ》して委託《いたく》できます。総務省に確認したところ、長期にわたる契約でも、お支払いが今年度であれば、問題はないようです。しかも、この会社は東京都内のIT教育に関わっていて、信頼できます」

忽那先生はちょっと眉《まゆ》を寄せた。

「本当にありがたいことですが、その五年後はどうなるのですか」

葉山さんは忽那先生の質問ににっこり笑った。

「文部科学省の友人に確認したところ、政府でも地域間のIT教育の格差は問題になっていて、解消の方向で動き始めています。確約はできませんが、多分、そのころには、全国の小中学校のIT教育にかかる費用は国が負担することになるでしょう」

忽那先生は「そうなるといいが」と、それでも少しほっとした表情をされた。

「南予小・中の児童生徒全員に端末を貸与《たいよ》できますが、一億七五〇〇万あれば、さらに多くの端末や電子黒板などを用意できるそうです。もし、南予町が周辺自治体の小中学校にこれらを短期的にでも貸し出すことができれば、この広域行政組合の中で起きる教育格差も、多少は改善されるのではないでしょうか」

葉山さんは、ファイルをめくりながら説明を続けた。

「それは、すばらしい」

「忽那先生用のファイルだけ分量が多めなのは、私の知り合いで東京都内のＩＴ教育を進めている専科の教師が作成した運営法・指導法等に関しての報告書が入っているからです。何かご質問やご相談があれば、いつでもご連絡下さいとのことです」

「それはそれは……」

葉山さんのあまりの手配の素晴らしさに、忽那先生は言葉を失っている。忽那先生が開いたファイルを横からのぞき見してみると、相当な分量で、内容も多岐《たき》にわたっているようだ。

「印刷したデータはこちらのメモリーにもありますので、企業との契約書の見積もりと契約書原案以外は、忽那先生と議員さんだけでなく、教育関係の皆さんにもご自由にお配り下さい」

その時、先輩職員の三崎紗菜さんが推進室にお茶を持って入ってきた。

いけない。

私、すっかり話に引き込まれて、恩師と隣の副町長にお茶を出すのも忘れていたよ。

湯呑《ゆの》みをそっと忽那先生に寄せた三崎さんに、忽那先生は「申し訳ない」と頭を下げた。

ただそれは、お茶を持ってきてくれたことに対する恐縮《きようしゆく》の表情ではないようだった。

何か、本当に申し訳ないというか、居心地《いごこち》の悪そうな様子だった。そんな忽那先生の表情に気づいたのか、三崎さんもちょっと怪訝《けげん》そうな表情を浮かべた。

そういえば、三崎さんも小学生の時、忽那先生に受け持っていただいたと聞いたことがある。

三崎さんはちらりと一ツ木さんの方を見て、顔を少し赤らめると、推進室を出ていった。

はあ……。

毎回思うけど、この美人で優しくて聡明な三崎さんが、変人で狭量《きようりよう》で傲慢《ごうまん》で傍若無人《ぼうじやくぶじん》で面倒くさがりな一ツ木さんをねえ……。あんまり応援したくないけど、切なそうな三崎さんを見ていると心が揺れる。

一通りの説明を終えると、葉山さんはトートバッグにファイルを戻し、バッグごと忽那先生に渡した。

「内容に不備な点や不明な点などがありましたら、ご連絡下さい」

「ありがたいです。さっそく、勉強させて貰います。二時間目から授業がありますので、私はこれで失礼させて下さい。お礼はまた改めて後ほど」

葉山さんは首を振った。

「お礼なんて……。伊達町も南予町からIT機器を貸し出していただけたら、子どもたちも喜ぶでしょう。忽那先生の案が実現すれば、伊達町としてもありがたいことです」

忽那先生は、それでも何度も頭を下げながら、推進室を出ていった。

「善意で動く有能な人というのはやっかいだ……」一ツ木さんが渋い表情を浮かべた。

「どうやら、今回、葉山さんにやられたようだ」

「あら。どういうことかな」

葉山さんは笑みを浮かべたまま一ツ木さんに小首を傾《かし》げてみせた。

「国と地方の戦争、これまで先手《せんて》を取られっぱなしだ」

「あら、一ツ木君、まだ言っているの？　一ツ木君は、日本中の田舎の心配までする必要はないじゃない。南予町が生き延びさえすればいい。そういうゲームをしているんでしょ？」

一ツ木さんは冷たい目で葉山さんを見返した。

「ああ、その通りだ。しかし、国の政策の巻き添えで不利を被《こうむ》るのは不愉快だ」

「国は一自治体に一億七五〇〇万も自由に使える補助金を渡したのに？」

「自由なものか……。その一億七五〇〇万という数字にこめた皮肉ぐらい誰でも判る」

えっ？

私、判ってないです。

怪訝そうな私の顔を見て一ツ木さんは、思いっきり軽蔑《けいべつ》したように眉を寄せた。

「まあ、今から三十年くらい前のことだから、生まれていない沢井さんが知らなくてもしかたがないか。……時の日本政府が、全国、約三〇〇〇の市区町村に一億円ずつばらまいたんだ。これで、地方を活気づけるようにってね。当時の自治体は約三〇〇〇あったが、平成の大合併もあって、今は一七〇〇ちょっとに減っている。三〇〇〇億をその一七〇〇ちょっとで割ってみろ」

私は自分の机に戻って、電卓で計算してみた。

「だいたい、一億七五〇〇万……」

「あの時はバブルという時代だった。それに政権の人気取りという目的もあって出されたものだ。しかし、今回は違う。国のとんでもない皮肉だよ」

「意味が判りませんが……」

「私にも意味が判らない」

葉山さんは笑みを浮かべて、また小首を傾げてみせた。

「僕は、今回選ばれた九つの広域行政組合について調べてみた。すると面白いことに、それぞれの地域ごと、一つの自治体の副市長や副町長に、君と同年代の中央官庁の官僚が出向している。出身はいろいろ。総務省が一番多いが、厚生労働省、警察庁、国土交通省の者もいる。補助金の話が出たのは去年だが、それ以前から、君たちは自治体に入り込んでいた」

「入り込んでいたなんて、人聞きが悪い。私は伊達町の人たちのことを思っている。みんなが幸せになるようにがんばっているつもり。伊達町だけじゃない。周辺自治体の人たちにも幸せになって欲しいから、今回、忽那先生にこうしてご協力したんだけど」

うーん。

葉山さんの言葉に嘘《うそ》はないような気がする。

実際に、松山市の病院そばの伊達町の休憩所だって、広域行政組合の自治体の住人なら使えるようにしてくれている。そのおかげで助かっている人は、南予町にもたくさんいる。

「それで、一ツ木君はどうなの」

一ツ木さんは肩をすくめた。

「僕は周辺自治体どころか、南予町の人の幸福すらどうでもいい。君の言った通り、南予町が生き延びるかどうかのゲームをしているだけだ」

うーん。

どう見ても、葉山さんの方が立派だよね。

「困った人ね。ともかく、なんでも、国がしかけた戦争って考えに結びつけるのは、理解できない」

一ツ木さんは目を細めた。

「一つ訂正する。僕は、これは国との戦争だと思っていた。しかし選ばれたのが全国九つの広域行政組合だということ、そして、そこに出向してきた官僚の元所属先から判った。戦っているのは国だが、実体は巨大な亡霊《ぼうれい》だ」

「ますます判らない」葉山さんはやれやれというように頭《かぶり》を振った。「それで？」

「だいたい君たちが描いた画《え》は、見えたと思っているよ」

「どんな画？」

「三年前、君たちは一斉《いっせい》に中央官庁から出向してきた。九つの広域行政組合がモデルケースになる前だ。それ以前にこれらの地域は、国に目をつけられていたんだ。まったく、国のやることはそつがない」

「私も、一ツ木君が今回の補助金で描いた画は判ったつもり。それもあって忽那先生に協力した。一ツ木君に補助金は使わせない」

初めて葉山さんの目に強い光が灯《とも》ったように見えた。

しかし、その視線は一ツ木さんの背後の窓にすっと移った。

何かに惹《ひ》かれるように立ち上がった葉山さんは、窓のほうに引き寄せられるように歩いていく。

そして、じっと空を見ていた。

何か様子が変だな。

「どうかなさいましたか」

私の問いに、葉山さんは「台風が……。台風が進路を変える……」とつぶやくように答えた。

くるりと振り返った葉山さんの表情から笑みが消えていた。

「ごめんなさい。一ツ木君の妄想《もうそう》に付き合う時間がなくなった。伊達町に戻って台風の対策をしないと」

そう言い残すと、葉山さんは北室長と私に会釈《えしやく》した後、足早に推進室を出ていった。

その背を見送った一ツ木さんは、振り返った。

「北さんも北さんだ。僕の計画を潰《つぶ》す気ですか。日本の田舎を全部潰す気ですか」

私は、一ツ木さんが北室長を見る目に、何か冷たい怒りを感じて、ちょっと鳥肌が立った。

私は結構長い間、一ツ木さんと同じ職場にいる。一ツ木さんは不機嫌《ふきげん》なことも多いし、時に理不尽《りふじん》な不満を口にすることもある。しかし、こんな表情の一ツ木さんを見るのは初めてだった。

それでも北室長は、いつもの狸顔で「どういうことか判りませんが」と首を捻《ひね》っていた。

「北さんには、今回の補助金の本当の意味が判っているはずですが」

「地域の振興でしょう？　南予町の子どもたちが喜ぶ政策案だからこそ、私も葉山さんに協力したのですが」

一ツ木さんは、狸顔でニコニコ笑っている北室長をしばらく睨んだ後「あなたはそういう人だった。でも、負けないですよ」と言うと、自分の席に戻り、また本を開いた。

私は二人のやりとりに狼狽《うろた》えた。

今まで、一ツ木さんと北室長は、考えや行動に多少の違いこそあれ、なんだかんだと協力し合っていた。

それが今、二人の間には空気の壁ができてしまったような気がした。

しかし、私にできることはない。

黙って自分の席に着くと、そんな雰囲気から逃げるようにいつもの業務を始めた。

ふと、葉山さんが呟《つぶや》いていた台風のことを思い出した。気になってスマホの気象のページを開く。

今朝《けさ》見たのと何の変わりもない。移動の中心線は四国のかなり南を通り、伊達町も南予町も強風域には入らない。

葉山さん、台風を口実にして一ツ木さんとの議論から逃げたのかな……。

でも、本当に顔色が変わっていたようだったけど。


翌朝、目を覚ました私は、ベッドの中でスマホを見た。

あれ？

台風の進路が、かなり北寄りになっている。

まさか昨日の葉山さん、本当に台風の進路が変わるのが予測できたんだろうか。

とはいえ、進路が変わったとしても、最悪でも南予町周辺は強風圏が束の間《つかま》かかる程度だ。衛星写真の雲を見ても、今まで見てきた台風より小さいように見える。

それなのに、どうして、あの冷静な葉山さんが顔色を変えたのだろう。

なんだか、最近、もやもやすることばかりだ。

忽那先生が私や三崎さんにちらりと見せる、申し訳なさそうな表情も気になるし……。

そんな気分を抱《かか》えたまま、私は町役場に入った。

向こうから忽那先生と三崎さんが並んで歩いてくるのが見えた。

忽那先生は屈託《くったく》なく笑っておられる。三崎さんもなんだかすごく嬉《うれ》しそうだ。

「おはようございます」

私が二人に挨拶すると、忽那先生から笑顔が消えた。そして、また例の、なんだか申し訳なさそうな表情がちらりと見えた。三崎さんの笑みまでこわばっている。

「あ、いや、町議会のことで三崎さんにちょっと質問に来ていましてね」

忽那先生は、何か言い訳っぽく早口で言うと、町役場を出ていってしまわれた。

「どうかしたんですか」

振り返った私は、三崎さんに質問した。

「いえ、別に。忽那先生に町議会のスケジュールなどを……」

……嘘だな。

三崎さん、いい人だから、嘘をついているとすぐ顔に出る。

「あの……」

「本倉町長に資料をお渡ししないと」

三崎さんは手にした封筒を私に見せると、足早に奥に戻ってしまった。

ああ、なんか、本当にもやもやする。

推進室に入っても、北室長と一ツ木さんの間に昨日からできてしまった隙間《すきま》が気になって仕方がない。

もっとも表面上は何も変わらないし、そんな隙間を作っているのは一ツ木さんのほうだけなんだけれどもね。

その一ツ木さんが、パソコンを見ながら何やら呟いた。

「支援って何ですか」

聞きとがめた私の質問に「そのアクセントの『支援』じゃない。私事の恨《うら》み、『私怨《しえん》』と言った」と一ツ木さんは答えた。

「何の私怨ですか」

「台風が進路を変えると葉山さんは言ったよね。その時、僕が言った何かを聞いて彼女は動揺し、それを隠すためにそんな話をしたのだと思った。しかし、台風は彼女の言ったように進路を変えた」

「そうですね」

「ならば、彼女の顔色が変わったのは、やはり台風のせいだ」

「でも、今回の台風は小さくて弱めのものですし、強風域がちょっとかかるくらいで」

「そう。本当なら伊達町の副町長が顔色を変えるほどじゃない。それで、昔のことをちょっと思い出して、中学の同期の者にメールを送った。その返事が今、来た。それを読んで判ったような気がした。国はともかくとして、彼女が全国の田舎を消そうとしているのは、私怨からだ」

「ですから私怨って何ですか」

一ツ木さんは、首を振った。

「まだ推測の段階だから、軽々しく言えない」

「あのう。途中で話を切られると、すごく気になるんですけど」

だが一ツ木さんは、もう私の声など聞こえていないようだ。ため息をつき「私怨だとするとやっかいだ」と呟いた。

うーん。

またまた、もやもやのタネが増えた。

何日か、もやもやする日を過ごした。

推進室は、なんとなく元の雰囲気に戻りつつあるが、今回の件で、北室長と一ツ木さんの決定的な違いが浮き上がってしまったような気がする。

お互いを信頼していること自体は変わらないようなので、それは安心したが、それでももやもやのタネは消えない。

昼休みに、お弁当をバッグから出していたら、受付から内線がかかった。

「忽那先生が私を？」

私は、受付に向かった。

そこに、何かちょっと恥ずかしそうに立っている忽那先生がいた。

「ちょっとこっちに……」

私は手招きされて、役場の隅の休憩スペースに向かった。

どうしたんだろ。

「忽那先生……」

「遅れたが、これを君に」

忽那先生は、手にしていたＡ４サイズの封筒を私に渡した。

中を見てびっくりした。

すごく素敵な水彩画……それも、私が描かれている……。今の私じゃなくて、小学生時代の私だ……。

「これは……」

「やっと渡すことができました」

先生はまたちょっと恥ずかしそうな笑みを浮かべた。

「実は、私が教員になって三年目、小さな島の学校に転任しました。そこで、私は小学校の全教科に加え、中学校の美術の教師を兼任することになったのです。しかし、大学で美術の指導法を学んだといっても、それはあくまで主専攻ではありませんでした」

「それで、猛勉強されたのですよね。全国展で入賞されて。新聞でもテレビでも先生のお姿を拝見しました」

「まあ、何を勘違いされたか……」先生はまた恥ずかしそうに笑った。「ただ、以前お話ししたとおり、僻地校で教鞭《きょうべん》を執《と》ったことで、都会と田舎の教育費の違いを思い知りました。何か子どもたちにできることはないか。ずっと考えていて、五年ほど前から、教え子の一人一人の姿を描いて卒業前に渡すことにしたのです。転任するときは在校生にも」

「全員にですか。そんなことをされているとは知りませんでした」

「渡した子どもたちには、他の人には言わないで欲しいと念を押していますから。私が転任してから学校に入った子どもたちが、前の子は貰えたのに……などと思ってはかわいそうです。後任の先生の負担になってはいけませんし」

「そうだったのですか」

「ただ、六年以上前に私の教え子だった人とは差が出てしまいました。そのことがずっと気懸《きが》かりで申し訳なく、また出会った時に渡そうとしているのですが、なかなか進まなくて……沢井さんには今日になってしまいました」

あ……。

そんなことで、申し訳なさそうな表情をされていたんだ。

公正さを大切にされているとはいっても、うーん……そこまで……。

ちょっとびっくりした私だったが、改めて渡された絵を見ている内に、何か、涙が出そうになった。

この前、三崎さんと屈託のない笑みを交わされていたのは、きっと三崎さんに絵を渡した後だったんだ。三崎さんが持っていた封筒の中に入っていたのは、本倉町長に渡す資料なんかではなく……。

「話して下さればいいのに」

忽那先生は首を振った。

「このことも、秘密にしておいてくれませんか。南予町ではまだ、この前に赴任した時の教え子全員に描けてないので、『自分はまだなのかな。ひょっとして忘れられたのかな』などと思われてはいけませんから」

真剣な目で見られた私は「はい。絶対に言いません！」と固く約束した。

「それでは、私は午後の授業がありますから」

忽那先生はにっこりと笑うと、町役場を出ていった。

私はその背に向けて深く頭を下げた。

そうか……。

忽那先生が美術展などに出品しなくなったのは、友人が言っていたように、絵に対する情熱がなくなったからじゃなかったんだ。ただ、自分のためでなく、教え子のために絵を描くようになっただけなんだ。

いや、そうじゃない。

絵の勉強を本格的にされたこと自体、最初から子どもたちのためだった。

そのことに思い至って、またちょっと涙が出そうになった。

そっと絵を封筒に戻し、推進室に向かいながら、私はふと思った。

町議会と通じている一ツ木さんの反応から見て、多分、忽那先生の提案は議会を通るのだろう。

しかし、忽那先生がおっしゃるように、本当に都会と田舎で教育格差ってあるのだろうか。自治体の教育費の差は判るけど、先生方に差はないと思う。学校の先生の仕事がどれだけハードなのかは、最近の報道を見ても判る。それでも教師の道に進まれたのは、子どもが好きだったのだろうし。

その一人、忽那先生から絵を描いて貰った子どもたちは、絵だけじゃない、もっと別の素晴らしいものを貰ったと思う。

その「別のもの」って、都会でも田舎でも等しく実現可能なものじゃないかな。

忽那先生の息子さんが僻地医を志望されているのも、きっと忽那先生から、美術ではない、何かを受け取ったからじゃないかな。

「何かいいことがありましたか」

北室長が、推進室に戻った私に質問してきた。

どうやら、私はよっぽど嬉しそうな表情を浮かべていたらしい。何せ、私は『判りやすい人』のようだから。

「絶対に内緒ですよ」

口止めされていたが、嬉しくてたまらなかった私は、事情を説明しながら、忽那先生に貰ったばかりの絵を北室長に見せた。

忽那先生と約束したけど、いいよね。

北室長、口が堅いから大丈夫だよね。

一ツ木さんも、別に言わなくていいことを言いふらす人じゃないし。

「……これは素晴らしい。絵を見て感動するというのは久しぶりです」

北室長は目を丸くしている。

「そうですよね」

私は深く頷いた。

「沢井さんも描いて貰って本当に良かったですね」

「〝も〟って……。北さん、忽那先生が教え子たち全員の絵を描いているって知っていたのですか」

北室長はいつもの狸顔で微笑んだ。

「私の息子も貰いましたから。人は本当に嬉しいことを秘密になんかできないですよ。でも、息子からは忽那先生との約束だからと、固く口止めされています。他の人たちもそうでしょう。それで、まあ、忽那先生の秘密は、いずれは公然の秘密になるかもしれませんが、今は私の息子の世代とその親の世代に留《とど》まっているのでしょう」

「僕は最近知りましたよ」

思わぬ声が割って入ってきて、私はびっくりした。

「えっ？　どうして一ツ木さんが？」

一ツ木さん、忽那先生と関係ないじゃない。

一ツ木さんは、肩をすくめた。

「三崎さんから、忽那先生から貰った絵を見せて貰った。北さんの言うように、本当に嬉しいことは秘密にできないのかもね。もちろん三崎さんからも口止めされていたけど、沢井さんが事情を知ったようだから話せる」

ひどい！

北さんも一ツ木さんも、それに三崎さんも、もっと早く言ってくれていたら、もやもやの大きな種が一つ消えていたのに！

私は一ツ木さんを睨みつけた。

「それで、三崎さんの貰った絵はどうでした？」

一ツ木さんはちょっとの間考えるような表情を浮かべた後「三崎さんは昔から、優しく聡明な女性だったんだと判った」と答えた。

えっ？

私はものすごく驚いた。

一ツ木さんが女性に対してそんなことを言うなんて、一度も聞いた覚えがない。

「これ、私の絵なんですけど」

私は一ツ木さんに、忽那先生から頂いた絵を見せた。

「へえ」

一ツ木さんは、長い間、絵に見入っていた。

「どうです？」

私は自慢げに一ツ木さんに聞いた。

「昔は沢井さんもかわいげのある女の子だったんだ」

えっ？

なんですって？

今、一ツ木さん、聞き捨てならないことをさらっと言いませんでした？

第四話　島から来た少女

「すまないね、沢井さん」

伊達町町役場のロビーで、矢野総務課長が頭を下げた。私は恐縮する。

「いえ。全然かまいません」

その日、一市四町から成《な》る広域行政組合の会議があり、南予町からは矢野総務課長が代表として出席した。私は、その議事録作成係として同行したのだった。

組合会議には通常、各自治体の首長が出席し、一自治体では維持《いじ》することができない消防組織とか、水道事業などを討議する。ただし、首長の出席が叶わない場合には、それに準ずる地位の人が代行として出席することになっていた。

かつて、うちの本倉町長が初めて組合会議に出席した時、何かとんでもないことを言い出して、他の自治体から大顰蹙《だいひんしゆく》を買ってしまったのだという。噂《うわさ》だが、一時は南予町を組合から除名するというところまで行ったらしい。それ以来、町役場の幹部が体を張って本倉町長の出席を阻《はば》むようになった。そして、町長代行として会議に毎回出席しているのが、この矢野総務課長というわけだ。

組合会議は、滅多《めった》なことがなければ滞《とどこお》りなく時間内に終わるのが常だったが、今日は意外にも延《の》びてしまった。予定では、このあと公用車で南予町に戻ってから、その足で矢野総務課長だけが松山に出張に行くはずだったが、その時間はないだろう。

「バスで帰りますから、大丈夫ですよ」

「いやいや、代わりに、一ツ木君に車で迎えにくるよう連絡しておいたから」

ええっ⁉　一ツ木さんが車で⁉　私の背に冷たいものが流れた。

一ツ木さんの車は、一ツ木さんが生まれる前に製造されたんじゃないかっていうくらいに古い。もともと何色なのかも判《わか》らないほど塗装は剝《は》げ、錆《さび》だらけなのだ。運転席にも助手席にも床に穴が開いているし、走っていると時々、嫌な音がする。もう、いつ空中分解……いや、路上分解するか判らないって代物《しろもの》なのだ。

「いやいや」矢野総務課長が苦笑いしながら手を振った。「役場の車で来るように指示したから。第一、一ツ木君の車、雨向きじゃないでしょ」

確かに。

ただ、矢野総務課長も認識が甘いと思う。あの車は雨向きじゃないというより、全天候に向いていないのだ。

駐車場に向かう矢野総務課長を見送りながら、ふと空を見た。

台風がこのあたりに最接近する時刻だが、雨粒ひとつ降っていない。

今朝《けさ》のテレビの天気予報によると、台風といっても小さなものらしい。注意を呼びかけているアナウンサーにも、どこかいつもの緊張感が感じられないような気がした。そろそろ熱帯低気圧になるかもしれないと言っていたし。

でも、この前、伊達町副町長の葉山さんが「台風が進路を変える」とぽつりと呟《つぶや》いたとき、何か顔がこわばっているような気がした。今日の会議でも、町長代理で出席していた葉山さんは、どこか上《うわ》の空《そら》の様子だったし。

しかも先日、葉山さんの言動を見た一ツ木さんは、何かが判ったような感じだった。しかし最近、一ツ木さんは思わせぶりな言葉ばかりで、少しも説明してくれない。『私怨《しえん》』とか、不穏《ふおん》な言葉を口にしているし。

何か、もやもやが続いている。

一ツ木さんを待っている間、私は、やることもないので、伊達町町役場のロビーを見学することにした。伊達町は南予町と規模は変わらない。庁舎も日本の高度成長期に建てられたもので、ずいぶんと古い。

住民向けの掲示板があった。

『空き家・廃屋《はいおく》向けの補助金申請は規定数に達しましたので受付を終了しました』

との貼り紙がある。

それを見て私は驚いた。

国は全国九つの広域行政組合に属する自治体に「地域おこしを」と、それぞれ一億七五〇〇万の補助金を出したが、伊達町はそれを『空き家・廃屋』撤去《てっきょ》に使うことにした。

『空き家・廃屋』の撤去って、相続関係の調査や、相続人の調整、それに税法上の問題もあって、ものすごく難しいようだ。なのに伊達町はそれを殆《ほとん》どやり遂《と》げたらしい。

南予町は、補助金を何に使うかもまだ決めていないのに……。

住民向けの掲示板には、新たに作られた休憩所の紹介もあった。

伊達町は、県立中央病院、愛媛大学附属病院、がんセンターの傍《そば》に、民家を借りて通院する人向けの休憩所を作っている。伊達町から松山の病院に通うのって、すごく疲れることなのだ。それで、待ち時間などにゆっくり休んで貰《もら》おうというものだった。案内板にはその休憩所に、入院患者や手術をする患者の家族が格安で泊まれるようになったことを知らせてあった。しかも、利用できるのは伊達町の住民だけでない。伊達町が所属する広域行政組合に入っている自治体の住民ならば誰でもかまわないらしい。

この事業の発案者は、総務省から出向して副町長をやっている葉山怜亜副町長らしいが、すごいな……。

私はため息をついた。

住民に健康診断を呼びかけるポスターもあった。伊達中学校美術部の生徒さんが作った物らしいが、描かれているのは、多分、葉山さんだ。

葉山さんは、どうやら住民にも人気があるらしい。有能で住民思いというだけでなく、ものすごい美人でもあるしね。

私、中学生時代に松山の副市長の顔なんて知らなかったよ。

掲示板を眺《なが》めているうちに、一ッ木さんがロビーに入ってきた。

「一ッ木さん、役場の車で来たんですよね」

「雨は、僕の車に悪い」

一ッ木さんにもそのあたりの自覚はあるようだ。ただ、もやもやして、ちょっと苛々《いらいら》していた私は、「一ッ木さんの車で来たら、私、バスで帰ろうかと思っていました」と本気半分の軽口を言ってしまった。ただ一ッ木さんは、軽く眉《まゆ》を上げただけだった。

私が駐車場に停《と》めてあった公用車の助手席に乗り込むと、一ッ木さんは車を発進させるなり、口を開いた。

「今日の連絡会に、葉山副町長が出席していたはずだが……」

「はい。議事録を読むと、最近は、いつもそのようです」

一ツ木さんは鼻を鳴らした。

「もう、現伊達町の町長は彼女の傀儡《かいらい》に過ぎないからな。周囲の自治体の長《ちょう》に対して顔を売るために、会議への出席は大事だ」

私は首を捻《ひね》った。

「連絡会の会議に出るのは初めてでしたが、そんな様子、見えませんでしたよ」

一ツ木さんはちらりと横目で私を見た。

「葉山副町長の様子はどうだった」

「会議は結構紛糾《ふんきゅう》していたのですが議論に加わることもなく、何か上の空みたいでした。ちょっとの間ですが、何回も中座していましたし」

「なるほどね……。それより、沢井さん、時間はある？」

「急ぎの仕事はありませんが」

「そう。じゃ、ちょっと見せたいものがある」

一ツ木さんはそう言うとハンドルを切った。

「どこに行くのですか」

「駅前の商店街」

　はあ……。

　一ツ木さん、何を見せたいのだろう。

　JR伊達駅前の商店街って、南予町と同じく、ほとんどがシャッターを閉めたさびれた通りになっているはずだ。

　しかし、駅前に着いた私は息を飲んだ。

「一ツ木さん……これは……」

　駅前商店街が丸ごと更地《さらち》になっていた。

　その中に、ぽつんと駅舎が立っている。

「これが、国の破壊力だ。伊達町が例の国からの補助金を使って空き家・廃屋の対策をした」

　確かにその話は先ほど掲示板で読んだ。順調に進んでいるようだったが……。

「こんなに早く……。空き家や廃屋を壊すのって、とても大変なはずですよね」

「そう。片手間とはいえ、僕と北さんが二年以上かけても、四軒しか解決できなかった」

　一ツ木さんはため息をつきながら、更地になった場所に車を入れた。

　車から降りた私は、じっと足下を見た。

「ここ、食堂だったんですよ」

「その様子だと、何か思い入れがある場所のようだな」

「私、小中学生の頃、長い休みの時は、南予町で過ごしていたんです」

「それは、知っている」

「小さい時は父が車で送り迎えしてくれたのですけど、小学六年生になってからは、一人でJRを使って伊達町まで来ていました。そこには、おじいちゃ……亡くなった祖父が車で迎えにきてくれていたんです。いつも祖父は、寒かっただろう、ちょっとおでんでも食べていかないかって……。お祖母《ばあ》ちゃんがご馳走《ちそう》作って待っているから、ここでおでん食べたのは内緒だよって笑いながら、大好きだった大根《だいこん》をつついていました。私はタマゴと竹輪《ちくわ》を……」

祖父が亡くなってから、時々、一人でここにあった食堂に入って、お祖父ちゃんの笑顔を思い出しながらタマゴと竹輪、そして時々は大根を食べたものだ。

「なるほど。思い出の背景となる場所がなくなるのが寂しいというのは判る。僕も大学の頃に住んでいた学生寮を訪ねたら、知らないうちに取り壊されていて、ちょっとしたショックだった」

私は一ツ木さんを睨《にら》んだ。

「一ツ木さんも、空き家・廃屋対策が重要って言っていましたよね。一ツ木さんが目指しているのはこの光景ですか」

思い出の場所が知らない間になくなっていたことの衝撃で、少し言葉が荒くなってしまった。

一ツ木さんは首を振った。

「いや。もっとゆっくりしたものだ。第一、こんなに一気に進める力は、僕にはない」

そうだ……。

問題なのは時間だ。

南予町の商店街が寂《さび》れていくのは、たしかに目の当《ま》たり《あ》にしていた。しかし、その変化はゆっくりで、時たま南予町を訪れていた外部の私にしか判らない程度のものだった。いつも行っていた商店が、だんだんと休みがちになり、やがて完全にシャッターを閉めてしまう。中には更地になる例もあるが、それは長い時間をかけての結果だった。

しかし、伊達町の駅前商店街は一気になくなった。

意気消沈《いきしようちん》している私を一ツ木さんは車に戻るよう促《うなが》した。

助手席に座った私は、ため息をついた。

発進した車は、引き続き南予町とは逆の方向に走っていく。

一ツ木さん、まだ、見せたいところがあるのかな。

車はただ、まっすぐ走っていく。

ついに伊達町の端の境界近くまで来た。

「一ツ木さん、道、間違えていませんか」

「沢井さん、ダッシュボードに両手をおいてくれないか」

「どういうことですか」

また変なことを言う。怪訝《けげん》に思って助手席から一ツ木さんの横顔を見ると、一瞬、何か沈痛《ちんつう》というか、辛《つら》そうな表情が表われた。

あれ？

一ツ木さんのこの表情、以前、見たことがある。いつだっただろうか……。

考え込み始めた私だったが「いいから早く」という一ツ木さんの強い口調に気圧《けお》され、ダッシュボードに手を置いた。

「置きましたよ」

「それじゃ、前を見て」

「見てますけど」

「そのままの姿勢で落ち着いて聞いてくれ。……つけられている」

思わず後ろを振り返りそうになったが、「前！」という一ツ木さんの一喝《いっかつ》に、私はびくりとして固まった。

「……赤いプジョー」

「プジョーって？」

私は、目だけ動かしてバックミラーとルームミラーを見ながら質問した。

「フランスの車」

一ツ木さんが、ダッシュボードに手を置かせた理由が判った。

最初から「つけてくる車がいる」と言われたら、思わず振り返ってしまっていただろう。私は『判りやすい人』らしいから。

とはいえ、やっぱり後ろが気になる。

助手席から見えるバックミラーやルームミラーだけでは、視界は限られる。真後ろを走っている車はなかなか見えなかった。小さなカーブに差し掛かったところで、ようやくちらりと、赤い車が見えたような気がした。

「いつまでこの姿勢を？」

「後ろを振り返らないのなら、ゆっくりと戻っていい」

私は、言われたとおりシートに背を戻した。心臓がドキドキしている。

「いつからですか」

「南予町の役場を出た時からだ。伊達町役場の駐車場に入った時に、そのまま通り過ぎていったから、気のせいかとも思っていたんだが、また現われた。駅前商店街の更地に停めた時にも消えたんだが……」

一ツ木さんの言葉に私はむっとした。

「そんな車に私を乗せたのですか」

「その時はまだ、確証がなかったからね。それに一人より二人の方が心強いだろ」

なんですって⁉　いざとなったら、一ツ木さん、私を置いて逃げるでしょ⁉　昔、そんなこと言っていたよね⁉

「尾行《びこう》される心当たりはないのですか。人から恨《うら》みを買っているとか」

「全くない」

一ツ木さんはそう断言したが、どうだか……。変人で狭量《きょうりょう》で傲慢《ごうまん》で傍若無人《ぼうじゃくぶじん》で面倒くさがりの一ツ木さんのことだから、南予町内だけでも五、六人くらいに恨まれていて不思議はない。まさに今の私も恨みたくなるような気分だし。

「本当にないのですか」

「ない」一ツ木さんはまた断言した。「それより沢井さんの方はどうなの。赤いプジョーに乗る人で」

そもそも、私は車に疎《うと》いから、プジョーとか言われても判らない。

「そんな憶《おぼ》えはありません。だいたい、一ツ木さんが出発した時点から尾行されていたんですよね。一ツ木さんの目的が私を迎えにいくことだって知っていた人は、いないでしょうし」

「いるよ。矢野総務課長以下、総務課の全員。そして、推進室の北さん」

ええっ⁉

「その中にプジョーとかいう車を持っている人っているんですか」

「知らないな。僕は、役場の職員が持っている車になんて興味がないから。というか他人のプライベート自体、興味がない」

一ツ木さんの話を聞きながら、私は横目でルームミラーとバックミラーを交互に見つめていた。

カーブのおかげで、またちらりと追跡者の車体が見える。確かに赤い車だ。

「まあ、もうしばらく様子を見ていよう」

一ツ木さんは、そのまま車を走らせた。とうとう隣の市との境を越えた。それでもまだ、ちらちらと赤い車が見えていた。

「本当に気のせいじゃないのですか」

「それじゃあ、ちょっと進路を変えて様子を見ようか」

そう言うと、一ツ木さんはハンドルを切った。

しばらくしてからバックミラーに目をやると、たしかに例の赤い車がついてきている。

「います……」

「どうやら、気のせいじゃなさそうだね」

本当につけられているんだ……。

「警察署か交番に駆け込みませんか」

私の提案に、一ツ木さんは首を振った。

「そんなところに駆け込んだら、あの赤いプジョーは危険を察して消えるだろう。逃げられてしまったら、なぜ尾行したのか意図を問い詰めることができない。そんな宙ぶらりんな状態が続くのは嫌だ」

それはそうかもしれないけど……。

私の不満をよそに、一ツ木さんはまた進路を変える。私は、身を前に乗り出した。そうしたほうが、左側のバックミラーで少しでも後ろの様子が判るのだ。

赤い車が見えた。

折からの分厚い雲のせいで辺りは薄暗く、フロントガラスの向こう側にある運転席の様子はよく見えない。

「やっぱり警察に行きませんか」

「しつこいな」

どれだけ言っても、一ッ木さんに考えを変える気はないようだ。

私だけ車から降ろしてもらうという手もあるが、そうすると、南予町から離れた地に私一人が置き去りにされることになる。万一、標的が私だった場合、一人で相手と向き合わなければならないのだ。それよりは、施錠《せじょう》できる車内にいるほうが、よほどのことがない限り安全だろう。

思い悩んでいるうちに、一ッ木さんがまた左折して、海が見えてきた。

えっ⁉ そっちに、曲がるんですか⁉ そっちって……。

心配したとおり、それは港に入る道だった。ということは、その先は海だ……。

私たち、袋小路《ふくろこうじ》に入っているんじゃないですか⁉ 私の心配をよそに、一ッ木さんは表情ひとつ変えずに真っ直《まっす》ぐ海に向かう。そしてついに、桟橋《さんばし》に差し掛かってしまった。もう完全に行き止まりだ。

いったい一ツ木さん、どういうつもりだろう。

栈橋には、赤いラインの入った白い船が泊まっていた。けっこう大型の船で、乗組員さんが何人か乗っているようだ。

良かった。何かあったら助けてくれるかも。

一ツ木さんは、栈橋の先でようやく車を停めた。すぐ後ろで赤い車も減速する。

一ツ木さんは、ドアを開けて外に出た。

ま、まさか、私一人を残して逃げるんじゃないでしょうね⁉　私も慌《あわ》ててドアを開けて、もう我慢できずに、背後を振り返った。

赤い車が数メートル先に停まっていた。ゆっくりと、そのドアが開く。

意外なことに、赤い車から降りてきたのは——運転していたのは、女性だった。

あれは……葉山さん⁉　一体、これはどういうこと？

葉山さんが私たちをつけてきたの？

さらに意外なことに、葉山さんはこちらを見て驚いたように目を見開いている。

「一ツ木君、どうしてこんなところに？」

戸惑《とまど》う葉山さんとは対照的に、一ツ木さんはまったく平然とした表情で答えた。

「まあ、話は後だ。君も用があってここに来たんじゃないのか」

「そうね。まずはこちらの用を済まさせてもらう」

そう言い残すと葉山さんは、険《けわ》しい表情で足早に私たちの横を通り過ぎ、桟橋の突端《とったん》へと向かった。

「どういうことですか」

「まあ、様子を見てみようじゃないか」

一ツ木さんの言葉に促されて、私は葉山さんの背を目で追った。

葉山さんは停泊《ていはく》している船に近寄り、乗組員さんらしき人に何事か話しかけている。乗組員さんは、うんざりしたような表情で応《こた》えていた。

ようやく少しずつ冷静さを取り戻した私は、その船をじっくりと観察した。どうやら、南予町が所属する広域行政組合の消防本部の船らしい。

「なるほどね。これで確証を得た。やはり葉山さんの行動の根源にあるのは『私怨』だ」

「さっぱり意味が判りません。それより、さっきの葉山さんの様子。私たちがここにいるのを見て驚いていたようですが、本当に葉山さんに後をつけられていたのですか」

「いや、僕たちが葉山さんの『先をつけていた』んだよ」

えっ？

後をつけるんじゃなくて、先をつける？　そんなことができるんですか？

あ……。そうか。相手の行き先に見当がついているのなら、できるのだ。先をつけることが……。

「一ツ木さん、南予町の町役場を出た時からつけられていたって言ってませんでした？同じ頃、葉山さんは、伊達町の町役場にいたはずですよ」

「僕の車に対して軽口を叩いた沢井さんに対する意趣返《いしゅがえ》しだ。あれは今回、僕のついたたった一つの嘘《うそ》だ」

そういえば……一ツ木さんが口にしたのは、

「つけられている」

「赤いプジョー」

たった二言だったような気がする。確かに繋《つな》げると「つけられている赤いプジョー」ってことになる。嘘はないけれど……。

「一ツ木さん、葉山さんが赤いプジョーに乗っていること、知っていたのですね」

「ああ。ちょっと前に見かけてね。ずいぶん趣味の悪い車に乗っているなって思った」

私は振り返って、葉山さんの車を見た。

いやいや。

とても素敵な車だと思いますけど。まあ、プジョーを持っている人から見たら、一ツ木さんと同じ趣味って言われる方が嫌だと思うから、いいけど。

それにしてもひどいよ、一ツ木さん！

つけられているかと思って、どれだけ私が怖かったか！

文句を言おうと思ったが、ちょうど葉山さんが戻ってきたので、その言葉を私は呑《の》み込《こ》んだ。

先ほどは険しかった葉山さんの表情が、少し緩《ゆる》んだように見える。

先に一ツ木さんが声をかけた。

「君の様子だと、消防救急艇は、出港できそうだね」

「それがどうかしたの？」

「不思議だね。伊達町は海に面していない。沖合に点在する島々は、この市の管轄《かんかつ》だ。それなのになぜ葉山さんは、わざわざ港まで来て、消防救急艇がこの台風でも出られるかどうか心配になるんだろうか。沢井の話によると、今日の葉山さんは重要な会議の最中にもどこか上の空で、何回か中座したという。ひょっとして、出られるかどうか問い合わせていたんじゃないか。乗組員のうんざりした表情から、どうも今回に限った話じゃないように見える」

葉山さんは一瞬、言葉に詰まった。

「……隣の市の島だって、同じ消防本部に属するんだから、心配してもおかしくはないでしょ」

「隣の市の島民を？」一ツ木さんは、小さなため息をついた。「僕は疑問に思っていたんだ。地域おこしのために、僕たちは『教育・仕事・医療』が何より重要だと考えている」

「それについては私も同意見よ。ただし、それだけでは地域おこしが実現するどころか、現状維持すらままならないとも思っているけど」

「意見が一致したようで、うれしいよ。僕が考えるに『教育・仕事・医療』はどれが一番というものではない。というか、どれか一つ欠けるだけでもいけない。バランスを考えなくてはならない。ところが葉山さんが伊達町に来て推《お》し進《すす》めた施策《しさく》は『医療』に偏《かたよ》っているように見える」

確かにそうだ。

目立った施策としては、松山市の総合病院の傍に町民のための休憩所を作ったり、休憩所行きのコミュニティーバスを走らせたり。

「あら。高齢化が進み、女性が子どもを安心して産める環境作りも必要な今、医療は重要だと思っているだけよ」

一ツ木さんは小首を傾《かし》げた。

「確か葉山さんは、僕と中学高校、そして大学の一時期まで同窓《どうそう》だったんだよね」

「一ツ木君は忘れているようだけど。中高一貫の学校で一緒にいたのに、大学の、それも同じ科類で再会して声をかけたら『誰、君？』だったものね」

「ああ。それは特別なことじゃない。中学、高校、大学の同期で、フルネームを覚えている者なんて片手で数えるほどだ。しかし先日、近づく台風に動揺する君を見て、思い出したことがある」

「どんなこと？」

「僕は中学に入学して早々、父を亡くして、周りのことなんかどうでもよくなっていた。そのせいですっかり忘れていたが、同じ時期に他クラスの女子もまた父親を亡くしたと聞いた。噂では、その子は離島にある実家から海を渡ってきた寮生だった。父親が病《やまい》で倒れたとの一報は、本土にも入ってきていたんだが、台風で消防救急艇が出港できず、充分な処置ができずに手遅れで亡くなってしまった……という話だ。台風では救急ヘリも飛べない」

葉山さんはぴくりとも表情を動かさなかったが、私にも、その寮生が誰なのかは判った。同時に、一ツ木さんが車の中で沈痛というか、辛そうな表情をしていたのを思い出した。あれは、更地になった伊達町駅前の商店街から車を出した時だ。あのタイミングで、背後に赤いプジョーを認めたのだろう。

不意に覚えた既視感《きしかん》の正体に思い当たった。

以前、海で亡くなった父親を想って、雨の中レインウェアも着けずに自転車を漕《こ》いでいる少年のことを語った時、一ツ木さんは、同じ表情をしていた。

「覚えていたんだ」

「ああ。ただ、その子の名前は忘れていた。それで旧友に問い合わせ、その少女の名を確認した」

「それで？」

「僕はこんな風に思った。その少女は、父親の死が病院もない離島に住んでいたせいだと考えているんじゃないか。父親を奪ったのは、離島という存在それ自体だ。だから、離島に限らず、日本から田舎《いなか》そのものを消したいと……」

「それは質問？」

「そうだ。今後のこちらの戦略を考える上で重要なことになる」

葉山さんは、まっすぐ一ツ木さんを見つめた。

「なるほどね。では私の質問に一つ答えてくれたら、一つ話してもいい」

一ツ木さんはしばらく考えていたが、「判った」と頷《うなず》いた。

「一ツ木君の考えている通りよ」

　葉山さんはこともなげに言った。

「君は過疎地《かそち》に対する私怨で動いているのか」

　葉山さんは美しい眉を寄せた。

「あなたには判る？　母から寮に、父親が倒れたと連絡が入ったの。私は急いでタクシーを拾い、搬送《はんそう》予定の病院に行った。でも、父親は運ばれてこない。台風で船が出なかった。私の生まれた島は、フェリーならば十五分ほどで行ける島なのに。夜、本土の海岸から一軒一軒の灯りが判別できる距離なのに……。なのに私は、ずっと病院の薄暗い廊下で待っていた……。そして、やっと運ばれてきた父に医者がしたことは、死亡を認定することだけ。すぐに処置できていれば死ぬ病気じゃなかったのに……。父を殺したような地域格差は、日本にあっちゃいけないのよ。私は、全ての過疎地を消したい。それで、いいじゃない。会社員だって通勤しているのだから、農業、漁業、林業従事者にも病院のある地区に住んで貰って、職場には通勤すればいい。そうなればと私は思っている」

「だから、それは私怨だ」

　葉山さんは肩をすくめた。

「一ツ木君は『私怨』と言うのね。私は『理想』だと思っている。ともかく私がどんな

『理想』を持とうと、一ツ木君には関係ないでしょ。……それじゃ、今度は私の質問に答えてもらう番ね」

「どうぞ」

「もし、一ツ木君が官僚だったとして『日本人全体が幸福になるように』と指示されたら、どんな政策を提案する？」

一ツ木さんはやれやれというように首を振った。

「幸福なんて、人によって様々だ。答えようがないな」

「それじゃあ、質問を変える。『今後、日本人全体の生活水準を下げないまま、日本を日本としてこれからも存続させる』というゲームをするなら、一ツ木君はどんな手を打つ？」

「そういう質問なら答えられる。僕は、国……というか巨大な国の亡霊《ぼうれい》が進めようとしているのと、同じことをするだろう」

葉山さんはにっこり笑った。

「その言葉が聞きたかった」

「ただ僕は今『南予町を生き残らせる』というゲームをやっている。日本の行く末なんて興味はない」

「じゃあ一ツ木君は、今回の国の補助金を使って、何をしようとしているの?」

一ツ木さんはまた首を振った。

「質問一つに質問一つと言ったのは君だ」

「いいよ。一ツ木君が補助金を使って何をやろうとしているのかは、おおよそ想像がついているから。その策は実現させない。忽那先生の案を通させる。南予町の小中学校の児童・生徒に、都市部に負けない情報教育を施す環境を整える——国は数年のうちに情報教育の補助をすると決めたようだけど、それが実現するまでの地域格差に、忽那先生は耐えられないでしょう。私たちからのアシストも完璧《かんぺき》なはず。多分、忽那先生の案が通る」

葉山さんは冷たい目で一ツ木さんを見た。

「そうはさせない」一ツ木さんはまっすぐ葉山さんを見返した。「なんとしても南予町を生き残らせる」

二人のやり取りを、私は息を吸うのも忘れて見入っていた。葉山さんは魅力的な笑みを浮かべると、踵《きびす》を返し、自分の車に向かっていく。

「まあ、ともかく、今回、一ツ木君が『国の巨大な亡霊』とやらの方針を正確に把握《はあく》しているることが判ったのは収穫だったわ」

「政府や、政府の委託を受けた研究機関が出す発表をちゃんと読んでいれば、誰にでも判ることだ」

そうなんだ……。

私、あんまり読んでないから……。今度、きちんと調べてみよう。

そういえば一ツ木さんは、国が指定した補助金の対象となる九つの広域行政組合の中に、必ず葉山さんと同年代の中央官庁の官僚が出向していることを指摘していた。各広域行政組合のうち一つの自治体に、副市長や副町長として出向しているのだ。その人たちの出身はいろいろ。総務省が一番多いが、厚生労働省、警察庁、国土交通省の者もいるという。補助金の話が提案されたのは去年だが、実はそれ以前から、その人たちは自治体に入り込んでいたって……。

「一ツ木さん、『国の巨大な亡霊』って何ですか」

私の質問に一ツ木さんは「自分の頭で考えろよ」と冷たく答えた。

私は気落ちした。

一ツ木さんがちゃんと説明しないのは、面倒くさいからだけではないのは、もう判っている。

私は『判りやすい人』だ。南予町存続というゲームをやっている一ツ木さんからすれば、私の言動が自分のカードをさらすことに繋がるのを嫌っているのだろう。

私は、その場に座り込んでしまった。

さっき、更地になった伊達町駅前商店街を見て、どうしてここまでするのかと、寂しさと同時に怒りのようなものを感じた。ところが、一ツ木さんと葉山さんのやり取りを聞いた今、何が正しいのか判らなくなってしまった。

目の前では、黒い海がうねっている。

幸《さいわ》い、消防救急艇が出られる程度の波のようだが、私はひどく不安な気分になった。

「自分の頭で考えろ」

一ツ木さんが繰り返した。

「判りません」

「判るまで考えろよ。僕は何がなんでも南予町を存続させようとしている。住民の幸不幸なんか関係ない。一方、北さんは、今いる住民が幸福になるのなら、南予町が滅びようがかまわないと考えている。この前も言ったが、先代の町長は、それでは駄目だ、第三の道をみつけなければならないと、君を推進室に入れたのだと僕は推測している」

私は頭《かぶり》を振った。

「そんな力、私にはないです」

「今はそうかもしれない。だが僕は、先代町長の人を見る目は確かだったと思っている。

これまで沢井さんを見てきて、先代の判断は正しかったと思い始めている」

えっ⁉

私は思わず一ツ木さんの顔を見上げた。

からかっているのかと思ったが、一ツ木さんの私を見るまなざしは真剣だった。

「一ツ木さん？」

「だが、もし、その道が僕の考える策を邪魔するものだったら、沢井さんと戦うことになる。それは覚悟しておいてくれ。僕にはもう沢井さんを気遣《きづか》う余裕がない」

「余裕がない？」

「葉山さんの心を傷つけずに、葉山さんとその背後にいる巨大な亡霊から南予町を守るのに精一杯だからだ」

？

葉山さんの心を傷つけず？

思わぬ言葉に、私は再び一ツ木さんの顔を見なおした。

第五話　ちょっとした意趣返し

夕暮れの商店街にスマホをかざして、シャッターボタンを押した。

今の南予町商店街の姿を画像に残しておきたい、そう思ったのだ。

この前、一ツ木さんに連れられて、隣の伊達町の駅前に行った。そこで見たのは、本当にショッキングな光景だった。駅前商店街が全て更地《さらち》になっていたのだ。

もともと伊達町でも商店の多くは閉店してシャッターを下ろしていたり、かろうじて営業していても不定期で、休みの日のほうが多かったりしていたが、ここ数ヶ月で一気に更地になっていたとは、全く知らなかった。

かつてお祖父《じい》ちゃんと一緒におでんを食べた食堂もなくなってしまっていて、私はひどく寂《さび》しい気分になった。

思い出深い南予町の商店街も、いつ同じ憂《う》き目《め》に遭《あ》うか判《わか》らない。だから今のうちに撮っておこうと思ったのだ。

私は、一軒の空き店舗の前で立ち止まった。その昔、おもちゃ屋さんだった建物だ。小学生の時に、お祖母《ばあ》ちゃんから貰《もら》ったお小遣《こづか》いを握《にぎ》りしめ、いとこたちと一緒に買い物に来たのを覚えている。

許可も取らずに他人様《ひとさま》の家を撮影するなんて不躾《ぶしつけ》なのは判っている。いつなくなるか判らないから――なんて気持ちで撮るのは、輪をかけて失礼だとも判っている。でも、どうしても画像に残しておきたかった。もし更地になったら、思い出まで一緒に消えてしまうんじゃないかという怖れがあったからだ。実際、伊達町の食堂が更地になっているのを見て、私はそう感じた。

お隣の本屋さんだった場所は、もう長いこと更地になっている。新しく何かが建つわけでもなく、ぽつんと錆《さび》だらけのスクーターが駐《と》めてあるだけだ。

寂しい光景だけど、かつてそこに本屋さんがあったということを私は知っている。私にとっては特別な場所だから、写真に撮った。

和菓子店や土産物《みやげもの》店は、本当に開いているのか、それとももう閉店したのか判らない状態がずっと続いている。建物の中に人がいないかびくびくしながら、シャッターを押した。

次は旅館だ。

南予町にはお祖母ちゃんの家があるから、この旅館に泊まったことはない。しかし、商店街に古くからあるシンボル的な建物の一つだ。

お祖母ちゃんによると、この旅館も昔は、南予町の住民たちが家を建てるために呼び寄せた職人さんや、祭のたびにやってくる香具師《やし》さんで賑《にぎ》わっていたのだという。今の姿からは想像もつかない。

ふと、旅館脇の空き地に停《と》まっている赤い車が目に入った。

……プジョーだ……

私は車のメーカーにも種類にも全く興味がないが、この車だけは別だ。

この前、赤いプジョーに尾行されていると思い込まされて、ひどく怖い思いをしたからね。

この辺りではあまり見ない車だが、ひょっとして……。

やっぱり。

運転席から出てきたのは、伊達町の副町長、葉山怜亜さんだった。

「こんにちは。最近、よく会いますね」

葉山さんは、いつもと変わらぬ笑みを浮かべている。

「こんにちは」私も頭を下げた。「今日は南予町に何かご用ですか」

「今日、南予町で町議会があったのをご存じですよね」

そう。

いよいよ、一億七五〇〇万円の補助金の使い道が決まろうとしているのだ。

『町おこし・地方の人口対策のモデル地域』とやらにするという国の政策で、全国で九つの広域行政組合が補助金の対象となった。南予町が加盟している広域行政組合もその一つに選ばれ、一市四町の自治体に、国からそれぞれ一億七五〇〇万円の補助金が出ることになっていた。

一億七五〇〇万円。その使い方を巡って、南予町の町議会はもう何度も開かれている。議員や町役場の職員のみならず、広く一般の住民からも町の発展に繫《つな》がるようなアイデアを募集したのだが、これまで採用されたものはなかったのだ。

時間ばかりが過ぎていて焦《あせ》っていたところへ、ついに最終選考で継続審査を受けるまでに至る応募案が出てきた。

それが、南予小の忽那先生の案だ。

忽那先生によると、東京の豊かな区と南予小では、公立校の児童生徒一人当たりの教育費に五倍もの差があるらしい。その差がもっとも典型的な形で現われているのが、ＩＴ教育だという。

ＩＴ教育が子どもたちにとってプラスになるものかどうか、忽那先生ご自身は判断しかねているようだが、その真《ま》っ直《す》ぐな性格から、顕然《けんぜん》と存在する格差に心を痛めておられた。そこで、補助金をＩＴ教育の推進に使うという案を町議会に提出したのだ。

それまで応募案をすべて落としていた町議会の意見が、忽那先生の案について、初めて賛成と反対に二分された。

なんとか案を通したい忽那先生は、推進室の北室長に相談した。その北室長が、忽那先生に葉山さんを紹介した。

葉山さんはさっそく、文部科学省の知人やＩＴ教育のシステムを作る企業、そして、実際にそれを使っている教師らに協力を要請し、資料を作成して忽那先生に提供した。その資料を基《もと》にした改良案が町議会に提出され、今日、審議が行なわれているというわけだ。

「葉山さんは、うちの町議会に？」

葉山さんは頷《うなず》いた。

「関わったからには、気になるでしょ。だから傍聴《ぼうちよう》していました。実際に参考人として発言したのは、文部科学省から来た私の友人だけど」

その時、旅館から素敵なジャケット姿の男性が出てきた。遠方から来たのだろうか、スーツケースを手にしている。

「お待たせ。預けていた荷物を受け取ろうとしたんだけど、宿の人が席を外していて時間がかかった」

男の人はちらりと私を見た。

「紹介するね。こちら、私の学生時代の同期で、さっき話した友人。文部科学省の深見正人君《ふかみまさと》。深見君、こちらは南予町町役場推進室の沢井結衣さん」

男の人は如才《じよさい》ない笑みを浮かべていたが、私の名前を聞いた途端、ちょっと目を細めたような気がした。

「ほう。あなたが、前町長の隠し球の、沢井さんですか。お会いしたかったです」

ええっ⁉　前町長の隠し球⁉　どっからそんな話が出てるんですか⁉　驚く私に、深見さんは慣れた仕草で名刺を差し出した。

……文部科学省の課長補佐？……

えっと、本省の課長補佐って、雲の上のエリートさんで、もの凄《すご》く忙しくて、県庁の偉い人でも会うのは大変だって聞いている。旅館から出てきたってことは、そんな人が、南予町の町議会の参考人になるために、泊まりがけで東京から来たってこと？

「す、すみません。休日で名刺を持っていなくて」私はどきどきしながら、深見さんの名刺を手に取った。「でも、わざわざ東京から……」

葉山さんが薄く笑った。

「一ツ木君の案を潰《つぶ》すためなら、一つ二つの成功例があってもかまわないからね」

えっ？

『一つ二つの成功例』ってどういうこと？

深見さんが私をちらちら見ながら、「おいおい」と葉山さんを咎《とが》めた。

「かまわない」葉山さんが真剣な目で私の顔を覗《のぞ》き込んだ。「沢井さん、この前、港で一ツ木君が言ったことを覚えている？」

「……はい」

私は小さく頷いた。

――「今後、日本人全体の生活水準を下げないまま、日本を日本としてこれからも存続させる」というゲームをするなら、一ツ木君はどんな手を打つ？

葉山さんの質問に、一ツ木さんは迷いなく答えたのだ。

――国……というか巨大な国の亡霊《ぼうれい》が進めようとしているのと、同じことをするだろう――と。

「だから」葉山さんが、深見さんの制止をよそに話を続けた。「私たちがやっていることが日本人全体のためになる、日本が日本としてこれからも存在するためには私たちのやっていることが正しいと、一ツ木君は認めたの。ぜひ、沢井さんも私たちの側について欲しい。一ツ木君は、私たちのことを『巨大な国の亡霊』に属していると思っているようだけど」

私は言葉を失った。

「一ツ木がそんなことを」深見さんは、やれやれというように首を振った。「ごめんなさい。君の同僚を呼び捨てにして。一ツ木とは大学の一年、二年とクラスメートだったから」

「そうなんですか」

「そう。結局、一ツ木は二年の時に中退したけれどね。ただ、普通、誰かが大学を辞めるって聞いたら、あの人は脱落したんだとか、大学と肌が合わなかったんだくらいにしか思わないだろ。でも一ツ木が辞めたと知って、僕たちはなぜか、僕たちや僕たちの環境自体が見捨てられたような気がしたんだ。まあ、今回、南予町町議会の参考人になったのは、そんな一ツ木に対しての、ちょっとした意趣返しのつもりでもある」

葉山さんがふっと笑った。

「まあ、ともかく、一ツ木君、明日はずいぶん機嫌《きげん》が悪いと思う。同じ部署で働いている沢井さんにはごめんねって先に言っておくわ」葉山さんはそう言うと、赤いプジョーに乗り込んだ。「これから松山空港に深見君を送るから、これで……。さっき言ったことは忘れないで。困ったことがあったら相談に乗るから」

そう言い残して、深見さんを助手席に乗せた赤いプジョーは発進した。

私は呆然《ぼうぜん》と赤いプジョーを見送った。


ああ、気分が重いなあ……。

推進室のドアの前で、私は立ち止まった。

昨日の葉山さんたちの口ぶりからすると、忽那先生の案が正式に採用されたのだろう。

つまり、一ツ木さんが進めようとしていた計画は潰れたことになる。

一ツ木さん、やっぱり機嫌悪いんだろうな。

しかし、ドアの前に立っているだけでは埒《らち》があかない。

私はため息を一つこぼすと、意を決して推進室に入った。

「おはようございます」

私は明るく挨拶《あいさつ》したが、応《こた》えてくれるのは北室長だけ。それはいつものことだが、室内の空気はおもいっきり重い。

やっぱり……。

一ツ木さんはものすごく不機嫌そうだった。神経質に指で机を叩き続けている。

目こそ本に向かっているが、心ここにあらずといった様子だ。神経質に指で机を叩き続けている。普段は難しい本を読みながら、北さんと口頭だけで将棋を指すという離《はな》れ業《わざ》をやってのけているが、北室長愛用の将棋盤は仕舞《しま》われたままだ。

ちらりと北さんの方を見ると、重い空気なんかどこ吹く風という感じで、にこにこと業務を続けている。

はあ……。

北さんの図太い神経がうらやましいよ。

私は首をすくめたまま席に座って仕事を始めた。

一ツ木さんに話しかけても、ろくなことにならなそうだった。特に昨日の町議会や応募案のことなど、絶対に口にしてはいけない。

その時、勢いよくドアが開いて、ピンクのラメ入りスーツを着た本倉町長がずかずかと入ってきた。

「昨日の町議会で決まった応募案のことなんだがね」

ああ……。

なんてこと……。

避けていた話題を、本倉町長、挨拶もしないで始めちゃったよ……。

本倉町長の後ろに続いて、町長秘書である三崎紗菜さんの青い顔が覗いた。

おそるおそる一ツ木さんの表情を盗み見ると、案の定、その頰《ほお》はピクピク動いている。

これは相当、頭に来ているな。

「まあ、お話はこちらで」

それでも北室長だけは狸《たぬき》顔にいつもの笑みを絶やさず、本倉町長にソファーを勧《すす》めると、自分も対面に座った。

本倉町長は、どさりとソファーに腰を下ろした。本倉町長に手招きされ、私もしかたなく北室長の隣に座る。

一ツ木さんは自分の席に座ったまま、本から目を離そうともしなかった。

その横柄《おうへい》な態度を見てフンと鼻を鳴らした本倉町長の後ろに、三崎さんはそっと立った。

「町議会で決まった私の補助金の使い道、あれをどう思うかね」

どうも本倉町長は機嫌が悪そうだ。

本倉町長は、例の補助金を『私の補助金』と公言して憚《はばか》らない。

もともと、地方自治体の首長を集めた政府のヒアリングを経《へ》て決まった補助金なので、本倉町長は『自分が取ってきた補助金』という認識でいるのだ。

「忽那先生の案ですね。私はいいと思いますが」

「そうかね」北室長の答えに、本倉町長はますます顔を顰《しか》めた。「どうせ政府が、全国の小中学校に機材やらシステムやらをくれる予定だそうじゃないか。それまで待てばいいだけだ」

「しかし一朝一夕《いっちょういっせき》にというわけにはいきません。忽那先生は、政府による配備が調《ととの》うまでの数年間にIT教育を受けられない子供たちが出ることが、辛《つら》かったのでしょう」

「しかしだよ。うちの町で先進的なIT教育が既《すで》にできていたら、国はその分、南予町に配分する補助金を減らすんじゃないかね」

北室長は穏《おだ》やかに首を振った。

「昨日の町議会で文科省の方が『そういうことはない』と仰《おっしゃ》いましたよね。『さらに高度な機器やサービスを受けられるようにする』と。本倉町長もお聞きになったのでは？」

「それはそうだがね。本省とはいえ、たかが一課長補佐が、予算に関連することを確約できるものなのかね」

うーん。

確かに、私もその点はちょっと疑問に思った。でもまさか、本省の課長補佐ともあろう人が、でたらめなことを言うわけはないし……。

「それで、お話というのは？」

北さんに促《うなが》されて、本倉町長は、書類の束をどさりとテーブルの上に置いた。

「これは、私が提案した企画書だ」

うわぁ……。

今回の審査では、町議会のボス山崎議員が、不採用となった応募案に相当辛辣《しんらつ》な評価書をつけて、応募者に送り返した。それは本倉町長の案とて例外ではなかったという。評価書を見て、たいていの人は一回で応募を諦《あきら》めたと聞くが、町長はそれでもめげずに、落ちても落ちても応募し続けたって噂《うわさ》、本当だったんだ……。

「ずいぶんとありますね」

「うん。全部で八十八案ある。四国八十八箇所参りと同じ数だ」

へえ。

そんなに出したんだ。

でも、お遍路《へんろ》さんと何の関係があるんだろう。

「大変なご苦労でした」北室長は如才なく頭を下げた。「それで、お話とは？」

「うん。町の公式ウェブページに、私の案を載せようと思うんだ。ボツにするにはあまりに惜《お》しくてね。全国の地方自治体に向けて、町おこしの参考になればいいなと思って」

私は呆然とテーブルに置かれた書類を見下ろした。

一番上の書類には、手書きで『Ｚ級グルメ大会』と書かれている。

「あの……。これは……」

私が指差すと、本倉町長は初めて笑顔を見せた。

「いつだったか、南予町で名物を作って売り出そうとしたことがあっただろ」

「はあ、ありましたね」

そう。

かなり前、本倉町長の号令で、南予町名物を創出しようと、募集をかけた。最初はそこそこなものがあったが「あれはいまいち」「これももうひとつ」となり、試作品を作らせ続けた結果、最後はゲテモノ料理になってしまったやつだ。

例えば、カマボコをチョコでコーティングしたやつとか……。

試食会に出た一ツ木さんが「当分、チョコもカマボコも食べたくない」って言ってたな。

それにも懲《こ》りず、本倉町長は試作品を東京のテレビ局に持ち込んだが、返ってきた答えは「罰ゲームにならなら使えるかも」だったようだ。

「それでだね」いまだ懲りない様子の本倉町長は、ぐいっと身を乗り出した。「B級グルメ大会っていうのは、もう全国にある。差別化するために、各地にまずい名物を出して貰って、大会を開こうって思うんだ。インスタ映えを狙った観光客がどっと押し寄せると思う」

「そうでしょうか」

そんな大会にうちの地元の名物が一番まずいですよと言って出してくれる人たちがいるとは思わないが。

もし開催したとして、最初こそもの珍しさで注目を浴びるかもしれないけれど、翌年以降の大会費用は、どう捻出《ねんしゅつ》するんだろう。国からの補助金には、今年度で使いきるっていう条件がついているのに。

本倉町長の提案書をめぐっていると、それぞれの案に山崎議員による評価書類も入っていた。もっとも山崎議員は名を貸しただけで、書いたのはそこにいる一ツ木さんだと判っているけど。

「なのにだよ、山崎議員は『事業の継続性』とか『費用対効果』とか『収益性』とか、ありがちな言葉で私の案に反対したんだ」

本倉町長は、憤懣《ふんまん》やるかたないって表情を浮かべた。

いや、これ……誰でも反対すると思いますが……。

「ナポレオンや織田信長《おだのぶなが》が『事業の継続性』とか『費用対効果』を気にしながら事をなしたと思うかね」

本倉町長は、なおも引き下がらない。

ナポレオンや織田信長ですか……。

私は、次の応募案に手を伸ばした。

『偽《にせ》・心霊の里』とある。

「これは？」

「この前、南予町を『心霊の里』で売りだそうと提案した時、内容がフェイクだと炎上するって言われただろ。だから、いっそ最初から『偽』と名づけて売りだそうと思うんだ」

私は提案書を手にしてパラパラとめくったが、それだけで頭が痛くなりそうだった。

まず町の地図が印刷されていて『幽霊がよく出ると噂の偽ポイント』とか『夜歩き回るという二宮金次郎《にのみやきんじろう》像……偽だけど』とか、手書きの書き込みがある。

「この、カッパの淵《ふち》というのは」

「ああ。山崎議員の家の前に小川が流れているだろ。そこにカッパの像を立てようかと。すごくSNS映えすると思うんだ。きっと観光客がどっと来るよ」

冗談じゃない！

山崎議員のお宅の納屋《なや》には、心を痛めた祥子さんが、ひっそりと住んでいる。万が一、興味本位の人が納屋を覗いたりしたら、どんなことになるか。おそらくこの提案書を読んだ山崎議員は激怒したはずだ。

「カッパは心霊ではないと思いますが……」

私は無駄だと思いつつ反論してみた。

「柳田國男《やなぎたくにお》の『遠野《とおの》物語』にもカッパは出てくるだろ」

たしか『遠野物語』は、高校の夏休みの宿題で感想文を書くために読んだけど、出てきたっけ、カッパ……。

そもそも『偽・心霊の里』なんかで、あの遠野と張り合うつもりなのですか。第一『遠野物語』って心霊モノじゃなかったような。

「それで、私たちにどうしろと？」

北室長が話に割って入った。

「うん。私の手書きの提案書をウェブページに上げるために、パソコンで打ち直して欲しいんだ。三崎さんに頼んだところ、腱鞘炎《けんしょうえん》でキーボードが打てなくなっているってことなので」

本倉町長の後ろに立っていた三崎さんが、両手を合わせて頭を下げた。涙目になっている。

三崎さんの考えは判る。

こんな提案書を町役場のウェブページに載せたら、町の恥になるのは必至《ひっし》だ。なんとか北室長に止めて貰おうと、ここに来たのだろう。

北さん、出番です。

本倉町長の暴走を止めて下さい！

「判りました」

ところが、北室長は、あっさり引き受けてしまった。

ええっ⁉　これ載せちゃうのですか⁉　私の驚きとは裏腹に、北室長はいたって穏やかに「これ、任せていいですね」と一ツ木さんのほうを振り返って見た。

北さん……。

今、ものすごく機嫌が悪い一ツ木さんにそんなことを言ったら……。

「いいですよ」

一ツ木さんは、さも当然といったふうに、眉《まゆ》一つ動かすことなく引き受けてしまった。

ええっ⁉　今日、何度目のびっくりだろう。

一ツ木さんは自分の席から立ち上がると、こちらに来て、テーブルの上の書類を手に取った。

「山崎議員の評価書も載せるのですね」

「うん。『事業の継続性』とか『費用対効果』とか『収益性』とか言われっぱなしで、ちょっと頭に来てね。山崎議員の頭の固さを、住民にも知ってもらいたい。別にちょっとした意趣返しってわけではないよ」

いや、これは意趣返しのつもりだな。

もっとも世間は、山崎議員に同意すると思うけれど……。

本倉町長は、続けた。

「それで、もう一つお願いがあるんだが、この評価書をウェブに転載する許可を、山崎議員からとりつけて欲しいんだ」

ええっ⁉

もう、びっくりの回数も判らなくなったよ。

山崎議員は、相当に生真面目《きまじめ》な人だ。本倉町長の提案書を公《おおやけ》にすること自体、反対するに決まっている。南予町の評判を下げるようなことに賛成するはずがないのだ。

「やりましょう」

一ツ木さんは軽く頷いた。

「山崎議員を説得する際に、応募書類や評価書の一部を変えることくらいは交渉材料にしますが、それでもいいですか」

「どの程度だね」

本倉町長は、ちょっと疑わしそうに一ツ木さんを見た。

「せいぜい一、二箇所で済むと思いますが」

「それなら結構だ」

「あと、本倉町長のお写真や、町のゆるキャラの映像も使っていいですか」

一ツ木さんの提案に、本倉町長は目を輝かせた。

私はというと、もう驚く気力も失った。

ゆるキャラって、本倉町長自身が描いた落書き同然のキャラクターだ。全国のゆるキャラ人気投票では、ずっと最底辺を彷徨《さまよ》っている。それを掲載するですって？

本倉町長の後ろに控える三崎さんの顔からは、もう完全に血の気《ちけ》が引いている。

「それじゃあ、明日にでも僕のデジタル一眼レフを持ってきます。町長室に撮影に伺《うかが》いますので、よろしく」

それで満足したのか、本倉町長は「かっこよく撮ってくれよ」と言い残し、上機嫌で推進室を出ていった。

茫然自失《ぼうぜんじしつ》という態《てい》で、三崎さんもふらふらと本倉町長の後をついていく。

「北さん、僕はこれから、この書類をテキスト化します。僕の環境を使いたいので自宅での勤務ということでいいですか。山崎議員にも話をつけないといけないですし」

「打ち込むとなると大変な量ですが、お願いします」

「別に。スキャンしたデータを、自動でテキスト化するアプリを使いますから。たいした仕事じゃないです」

あれ？

なんだろ。

何だか、一ツ木さんの機嫌がよくなっているように見える。

「一ツ木さん、本当にその提案書、町の公式ページに載せるんですか」

一ツ木さんはニヤリと笑った。

「文科省の課長補佐まで呼んできて僕の計画を潰した葉山さんに対しての、ちょっとした意趣返しだ」

「山崎議員の説得なんて……」

「それもだ。最初は僕の計画に乗ってくれていたのに、忽那先生の熱意にほだされてしまって賛成派に鞍替《くらが》えした山崎議員への、ちょっとした意趣返しだ」

はあ？

私には、一ツ木さんの言っていることが全然判らない。

「意趣返し」って言葉、私はあんまり好きじゃないが、ここ最近で何回聞いたんだろ。びっくりした回数と同じくらいかな。

一ツ木さんは、書類をバッグに詰めると、足取り軽くって感じで推進室を出ていった。

「北さん……いいんですか、あんなこと一ツ木さんに頼んで」

「忽那先生に葉山さんを紹介したのは私です。結果として一ツ木君の計画を駄目にしたようです。その穴埋めにと思って」

穴埋め？

町の恥を晒《さら》す仕事を頼むことが、穴埋めになるんですか。

私は自分の席に座り込んだ。

最近、判らないことが多すぎる。

まず、今回の補助金を受けて一ツ木さんが温めていた計画だ。葉山さんは、その内容を察しているらしい。だから文科省の課長補佐を呼んでまで潰そうとした。

北室長も多分、判っている。だからこそ、忽那先生の案と較《くら》べた結果、忽那先生に葉山さんを紹介したのだ。

私だけが、一ツ木さんの計画について何も知らない。

一方、一ツ木さんは、葉山さんたち——一ツ木さんいわく『国の巨大な亡霊』——の計画について、ずいぶん前から気づいていたようだ。それが単なる妄想《もうそう》でないことは、葉山さんの態度から判る。

私には、それがどんな計画なのか、想像もできない。

みんな、互いの胸の内を知りながら行動しているというのに……。

私は何一つ判っていない……。

北室長に聞いたところで、例の狸顔でとぼけられるのは目に見えている。一ツ木さんは『判りやすい人』の私に話すつもりは全くないようだ。

思わず私はため息をつきそうになったが、頭《かぶり》を振って我慢した。

一ツ木さんは「自分の頭で考えろ」と言っていた。

私は顔を上げるとパソコンに向かった。

そう。

私はもう子どもでも新人でもない。

自分で調べ、考えなくちゃいけない。

検索ページを立ち上げた。

さて、何から調べるか……。

ことの発端《ほったん》は、国の補助金だ。それを一ッ木さんは、『国の巨大な亡霊』の仕掛けた罠《わな》だとか言っていた。

『国の亡霊』で検索すると、二〇〇万件ほどヒットした。しかしアニメやゲームのページばかりだ。似たようなタイトル、あるいは内容の作品があるのだろう。

次……。

一ッ木さんは九つの広域行政組合に、総務省、厚生労働省、警察庁、国土交通省の官僚が、副町長や副市長として出向していると指摘していた。

『総務省　厚生労働省　警察庁　国土交通省』をキーワードに検索してみる。

三〇万件以上ヒットした。

上位のページを開いてみると、国の行政組織や予算などを説明した行政機関のページが多い。試しに『亡霊』というワードを加えて検索してみたが、五つのワード全てが載ったページはないようだ。

どういうことだろう。

私はモニターを眺《なが》めながら考え込んだ。

『亡霊』……これが、異質な単語なんだ。

『亡霊』って、幽霊《ゆうれい》とかそういうものだよね。

現実的な国の組織に『亡霊』ってやっぱりそぐわない。葉山さんの言うように、一ツ木さんの妄想か何かなのだろうか。

いや、決めつけちゃいけない。

葉山さんには『亡霊』と聞いて思い当たるふしがあったんだ。だから、その言葉を前提として会話をしていた。

『亡霊』には、何か別の意味がある。

私は『亡霊』という言葉だけを検索してみた。

出た。
（一）死んだ人の霊。亡魂《ぼうこん》。
（二）すでに過去のものとなり、もはや存在しないもののたとえ。
出典は『大辞林《だいじりん》』らしい。

『亡霊』には、死者の魂《たましい》がこの世に現われたものという意味の他に、比喩《ひゆ》的表現として『今は滅びた過去の存在のはずだが、それがよみがえってきたのではないかと恐れられているもの』という意味があるようだ。例として『ナチスの亡霊』とか『軍国主義の亡霊』

とか……。

日本で滅びたって『軍国主義の亡霊』？

いや、違う。総務省、厚生労働省、警察庁、国土交通省は、あまり軍国主義とは関係がなさそうだ。

防衛省は？

これも、違うと思う。

自衛隊こそ、軍国主義時代の旧日本軍の失敗に関しては人一倍嫌悪感《けんおかん》を持っていると聞いたことがある。私の知る限り、自衛隊がその活動を通して、軍国主義を復活させようなんて目論《もくろ》んでいるとは思えない。

それじゃ、何なんだろう。

過去……。

私は、総務省、厚生労働省、警察庁、国土交通省のそれぞれの成り立ちについて調べてみた。

例えば総務省は、自治省、総務庁、郵政省が統廃合されて作られた組織らしい。さらにその前にはいろいろな再編・統廃合が繰り返されているのが判った。

厚生労働省、警察庁、国土交通省にしても同様だ。

そして、どんどん過去に遡《さかのぼ》ると、一つの組織につながっていたことが判った。

……『内務省』？……

高校の日本史の授業で聞いたことがあるぞ。

えっと……確か、大久保利通《おおくぼとしみち》と関係があったような。

私は『内務省』で検索してみた。

やっぱり記憶にあったとおりだ。内務省は明治時代の初期に作られ、大久保利通が初代のトップだった。

大久保利通って、明治維新の大功労者だよね。その人をトップに据《す》えていたって、いったいどんな組織だったのだろう。

調べてみて驚いた。

内務省は、今の省庁の殆《ほとん》どを含むような、巨大な官僚組織だったようだ。今の財務省――旧大蔵省《おおくらしょう》は、表向き別の省だったが、一部からは「内務省の会計係」と揶揄《やゆ》されていたとの記述も見つけた。そして文部省やその他の省庁は、内務省の単なる出先機関だとか、使い走りだとか……。

第二次大戦中、旧軍が幅を利《き》かせていたときも、表向き内務省は軍を立てていたものの、結局は内務省の協力なしには軍を維持できなかったとある。

しかも、府知事や県知事……明治初期は県令《けんれい》と呼ばれていたが、彼らを派遣《はけん》していたのは内務省だった。

へえ。

県知事って、当時は選挙で選ばれていたんじゃないんだ。

それにしても、すごい組織だ……。

結局、あまりに権力を持ちすぎていたため、第二次大戦後、占領軍によって解体されたとある。

それでも内務省の若手官僚たちは「必ず内務省を復活させる」と誓い合って、新しくできた省庁に移っていったらしい。

一ツ木さんの言っていた『国の巨大な亡霊』って、ひょっとして『内務省』ってこと？

でも、内務省が解体されたのって、七十年以上前のことだよね。当時の最若手の官僚ですら、ご存命の方は少数だろう。

さらに調べてみると内務省は、日本を七つから九つの州に分けようとしていたらしい。

あ……。

今回の補助金は、元内務省だった中央省庁から職員が出向している先の、九つの広域行政組合に渡されている。

うーん。

『九つ』っていう数字に意味があると一ツ木さんは言っていた。確かに、これは偶然ではない。何かの意志があるような気がしてきた。

もし国の中に、旧内務省を基盤としたネットワークのようなものがあるのなら、伊達町の駅前商店街を短期間で更地にできたことも納得できる。

私は、モニターから顔を上げた。

「北さん、内務省って知ってますか」

「さあ、昔、日本史の授業で聞いたことがあるような、ないような」

北室長は狸顔で答えた。

嘘《うそ》だね。

北さんは、南予町の歴史を克明《こくめい》に書き残そうとしている郷土史家でもある。地方にまで強力な権力を及ぼしていた内務省について、その程度の知識しか持ち合わせていないはずがない。

北室長、一ツ木さんの考えを見抜いていたんだ。

「で、内務省がどうしたのですか」

北さんはとぼけた顔で聞いてきた。

……北さん、私がどこまで気づいたか探りを入れているな……。

「いえ。ちょっと大久保利通に興味があって」

「なるほど。勉強するのはいいことですね」

北室長は、狸顔で大きく頷いた。

まったく、この狸のおじさんは……。

しかし、仮に一ツ木さんの言う『国の巨大な亡霊』が内務省だったとしても、葉山さんたちが何をしようとしているのか、それに一ツ木さんがどう対抗しようとしていたのかは、全然判らない。

第一、問題が大きくなりすぎだよ。

今度こそ本当にため息をついた。

私は身近な、小さな問題にすら悩んでいるというのに。

本倉町長の応募案の公表だって、その一つだ。あんなものを公開したら、南予町の評判はがた落ちになるだろう。

それにしても、あんなに不機嫌だった一ツ木さんは、なぜ本倉町長の要請を受けたのだろう。おまけに機嫌も直っていたようだし……。

翌日、出勤すると、上機嫌の一ツ木さんが自分の席で、デジタル一眼レフカメラを磨《みが》いていた。

「あのう……」私は、一ツ木さんに話しかけた。「やっぱり本倉町長の応募案と山崎議員の評価書、町のウェブページに載せるのですか」

一ツ木さんはにっこりと笑った。

「もちろん作るよ。本倉町長、北室長の指示だからね。町役場の職員としては従わないと。山崎議員にも許可をとった」

「えっ⁉ 山崎さん、本当に許可してくださったのですか」

「まあ、約束を破って、僕の計画を台無しにした負い目があるからね。有無は言わせなかったよ」

「でも『偽・心霊の里』では、山崎さんのお宅の前にカッパの淵を作るって……」

「ああ、カッパの淵の件だけは応募案からも評価書からも削除した。一応、一部改変する許可は本倉町長から得ていただろう」

そうか……。

一ツ木さんも祥子さんのことは気に掛けてくれていたんだ。

良かった、良かった……。

いや、良くない。やっぱりまずいよ。本倉町長の提案書なんか載せたら、南予町町役場の、ひいては南予町の評判が失墜《しっつい》してしまうよ！

私の不安は判っているはずなのに、一ツ木さんは涼しい顔だ。「さて、本倉町長の画像も撮ってくるか。あ、あと北さん、僕は、3六銀です」と言い残して推進室を出ていってしまった。

ああ……誰か一ツ木さんを止めてください。

ちらりと北室長を見ると、こちらは机の上に置いた将棋盤を睨《にら》んでいる。

これはだめだ……。

本倉町長の後ろで青くなっていた三崎さんの気持ちが本当によく判った。

「うーん。これは詰みですかね」

北室長は将棋盤を見つめながら、がっかりしたように呟《つぶや》いた。

いや、詰みって……。

将棋じゃなくて、町役場が詰みそうなんですよ！

私は自分の席で、文字通り頭を抱《かか》えた。

本倉町長の提案を町役場の公式ページに載せたら、世間はどんな目を町役場に向けるだろう。

誰かに相談したい。

北室長はあんな調子だし、こんな時に頼りになる矢野総務課長は出張中だ。

思い悩んでいるうちに、ふと、葉山さんのことを思い出した。

「困ったことがあったら相談に乗るから」

と葉山さんは言ってくれた。

どうしよう……。一ツ木さんとは対立しているようだし……。

あれ？

そういえば葉山さん、この前、何かひっかかることを言っていたっけ。

――一ツ木君の案を潰すためなら、一つ二つの成功例があってもかまわないからね。

東京から来た深見さんが私のことを『前町長の隠し球』なんて言うから、びっくりして聞き流していたけれど……。

話の流れからすると、忽那先生の進めようとしている策が「一つ二つの成功例」ということになりそうだ。どういうことだろう。愛媛県の一市四町の他にも、補助金の対象となる広域行政組合が全国に残り八箇所ある。他の自治体の地域振興策は失敗するってこと？

私は、周辺の市町が補助金を使ってどんな事業を進めているか振り返ってみた。

確か『ジビエの缶詰工場』とか『地元産品の販売所』とか、観光資源にすべく『巨大なモニュメント』を作るとか……。

『ジビエの缶詰工場』か……。

確かに魅力的だ。

お祖母ちゃんの知り合いに猟師さんがいて、たまにイノシシの肉なんかをいただくことがある。

お祖母ちゃんが作ってくれるイノシシ料理には野味《やみ》があって、食べると何か元気が出るような気がするので、私は好きだ。しかし、別の機会に食べたイノシシ料理は、何だか獣臭《けものくさ》くて、とても食べられたものじゃなかった。お祖母ちゃんによると、野生の動物の料理はとても難しいらしい。部位によって、また季節によっても料理の仕方を変えなくてはならない。すごく手間がかかるようだ。その点、家畜《かちく》は、どんな風に料理してもそこそこ美味《おい》しくなるように品種改良されている。それに、たとえお祖母ちゃんの料理の腕がどんなに良いとはいっても、イノシシの肉って、そうたびたび食べたくなるようなものではない。たまに食べるからありがたいって思える。

お祖母ちゃんの知り合いからいただくのは、本当にごくたまのことだ。たまたま多く獲《と》れたから分けてくださるのだ。果たして、継続的に缶詰工場は稼働《かどう》できるのだろうか。

衛生面の問題もある。個人として食べる分には問題ないが、野生生物の肉を一般に提供するには、かなり難しい処理が必要だって聞いたことがある。

『地元産品の販売所』にしても、不安は拭《ぬぐ》えない。県の南部には、既に有名な道の駅がある。美味しい軽食を出すお店などがあって、かなり人気なのだ。新規参入の店舗がそれらと競争して、勝てるのだろうか。

『巨大なモニュメント』についても同様だ。一度や二度は周辺市町から見物にくる人がいるかもしれないが、少し離れた松山からだと、わざわざ足を運ぶ人は限られる。他県からはまず望めないだろう。境港《さかいみなと》の『水木《みずき》しげるロード』みたいに、漫画『ゲゲゲの鬼太郎《きたろう》』に登場する妖怪像が百七十体以上ずらりと並ぶというくらいのネームバリューとインパクトがあれば、関西圏、そして首都圏からも見物客が来るのだろうが……。

山崎議員――の名を借りた一ツ木さんが、本倉町長の案を『事業の継続性』『費用対効果』『収益性』といった理由で否定した。これと同じことが、大なり小なり、周辺自治体が推進している事業についても言えないだろうか。

以前、一ツ木さんが話していた『ふるさと創生事業』のことを思い出した。もう三十年以上も前のことだが、日本全国の自治体に、一億円ずつ配られたらしい。

その総額を、平成の大合併で減った自治体数で割った金額が、一億七五〇〇万円……。

一ツ木さんは、この金額が『国の巨大な亡霊』の皮肉でもあり、罠でもあると指摘していた。

改めて、ネットで『ふるさと創生事業』について調べてみることにした。

うーん……。

各自治体が一億円を何に使ったかが、いろいろ書かれている。しかし、言っては悪いが、これぞ成功したというような例は少ないように思える。

けっこういいなと思ったもののいくつかは、基金を作って人材育成などを行なうというものだった。しかし今回の補助金は、単年度で使いきるという条件がついてしまっている。今回、成功するのはさらに困難となるだろう。

ネットで見る限り、全体的には『ふるさと創生事業』は失敗だったと思う。当時所管していた自治省も、そういう結末を公表するのが憚られたのか、事業の検証をしていない。その自治省は、統廃合の結果、現在、葉山さんの出身官庁である総務省になっている。

これは一体どういうこと？

確か一ツ木さんは、葉山さんの父親が亡くなったのは病院もない島に住んでいたからだと言った。だから葉山さんは、離島に限らず「日本から田舎《いなか》を消したい」と思っているのだと。そのことを葉山さんは否定せず、むしろ肯定《こうてい》した。

『ふるさと創生事業』が行なわれたのはバブルとかいうお金余りの時代だから、無駄遣いも笑って済まされたのかもしれない。しかし今、世間はどういう目で私たちを見るだろう。

何か冷たいものを背に感じた。

それから数日、沈みがちな日々を送った。

「自分の頭で考えろ」と一ツ木さんに言われて、政府の発表や、政府系の研究機関がまとめた資料に目を通していると、どんどん気分が重くなる。

政府は表向き、東京の一極集中を回避し、地方を振興《しんこう》すると言っている。が、資料を見る限り、日本の田舎町が衰退《すいたい》していくのは仕方がないと思わせるようなものばかりだった。せいぜい、各地方に中核都市を作って、そこで人口の流出を食い止めるという方針が示されているぐらいだ。

中核都市以外の田舎町に住み続ければ、公立病院は統廃合でなくなるよ、コンビニも撤《てっ》退《たい》し、水道料金はものすごく高くなるよと。こんなものを読んだら、人々はますます故郷を見捨てるようになるだろう。年老いた両親のために……これから生まれてくる子どものために……。

町役場の駐輪場にスクーターを駐めた私は、とぼとぼと廊下を進んだ。

向こうから三崎さんが歩いてきた。

何があったのか、笑みを浮かべている。

ああ、こんな気分の時に、嬉《うれ》しそうな三崎さんの顔を見ると、ほっとするな。

「おはようございます。何かいいことでもありましたか」

三崎さんはクスリと笑った。

「町のウェブページが更新されたの。例の本倉町長の」

えっ⁉　恐れていたことが、ついに起こってしまったのだ。

でも、三崎さん、なんでその表情？

「沢井さんも見てみるといいわ」

そう言うと、三崎さんはまたクスリと笑って、自分の部署に戻っていった。

推進室に入るなり、挨拶もそこそこに、私は自分のパソコンを立ち上げた。南予町のウェブページにアクセスする。

トップに「南予町本倉町長の地域振興案」という文字がでかでかと出ていた。

私は、その文字をクリックした。

ページが移る。

いきなりピンクのラメ入りスーツを着た本倉町長の写真が大写しになった。両手の親指を立てた本倉町長の口元には『ぐっじょぶ』のふきだしがある。

な、なんだこれ？

写真の下に、八十八の地域振興案それぞれに飛ぶリンクが張ってある。

おそるおそる『第一案・偽・心霊の里』という文字をクリックした。

ページが変わった。

山崎さんの家の前に作る「カッパの淵」の部分こそ抜けていたが、本倉町長の提案がまるまる載っていた。ページのヘッダー画像は、やっぱり本倉町長のピンクのラメ入りスーツ姿だ。そのポーズは、トップページの写真とは少し変わっている。

続いて『Z級グルメ大会』のページを覗いてみた。

先ほどと構成は同じだが、本倉町長は、両手の指でハートを作っていた。

それぞれの提案書の末尾には、山崎議員による評価書に飛ぶリンクがある。

私は、そのリンクボタンを押した。

なんと、山崎議員までピンクのラメ入りスーツを着て、ポーズをとっているではないか。

その満面の笑みとは裏腹に、本倉町長の提案に対する辛辣な評価が……。

評価書を読み終えると「本当に採用された案はこちら」という大きな文字があったので、そこをクリックした。

移動先には、忽那先生による提案書の改良版があった。

大都市と田舎の教育格差を切々と訴える文章、そして今回の補助金を使って作られるIT教育のシステム。IT教育を進めている専科の教師が作成した運営法・指導法等に関しての報告書、IT機器の製造会社の詳細な仕様……。葉山さんの作成した資料が随所《ずいしょ》に活かされているのが判る。

資料は自由に配布して構わないと葉山さん自身が言っていたから、堂々と載せてもかまわないのだろうが、一般の方はそんな経緯《けいい》など知る由《よし》もない。ただ、これを読めば、南予町がいかに真剣に補助金の使い方を考えたかは判ってもらえるだろう。

全て読んだ後で八十八案のトップページに戻ると「これはジョークページとして作られたんじゃないか」って思ってしまう。いや、一ツ木さんは、そう思わせるように作ったんだ。

間抜けなゆるキャラも笑いを誘う。

「どう？」

いつの間にか横に立っていた一ツ木さんが私に聞いてきた。

「どうって……一ツ木さん、わざとゆるキャラを傾けたりして、ジョーク感を出したのですね」

「うん。そのあたりは苦労した。だが、一番苦労したのは、山崎さんに本倉町長とお揃《そろ》いのピンクのラメ入りスーツを着せることだった」

ああ……。

そういえば一ツ木さんは「本倉町長の画像も撮ってくるか」と言っていた。あの日、町長より先に、一ツ木さんは山崎議員の撮影を済ませていたのだろう。

おかげで本倉町長と山崎議員は、お笑いコンビみたいになっている。それにしても、よく手に入りましたよね、ピンクのラメ入りスーツ。

「これ、本倉町長に怒られませんか」

私が問うと、一ツ木さんは眉を寄せた。

「多少は懸念《けねん》していた。直せと言われた場合の回避策も考えていた。だが、完成版を本倉町長に見せた時、手を取らんばかりに感謝された」一ツ木さんは深いため息をついた。

「あの人の感性だけは、僕には全く理解不能だ」

そう言うと、一ツ木さんは首を傾《かし》げながら自分の席に戻っていった。

第六話　駕籠《かご》に乗る者

町役場の休憩室でお弁当を広げた私は、ため息をついた。

ここのところ、ずっと隣町の副町長、葉山怜亜さんのことが頭から離れない。

葉山さんは、南予町が国から貰《もら》う補助金をＩＴ教育に充《あ》てて有効活用するために、ずいぶん尽力《じんりょく》してくれた。

でも、葉山さんの目的の一端は、一ツ木さんの案を潰《つぶ》すことにあった。先日、葉山さんが口にした言葉が引っかかる。

――一ツ木君の案を潰すためなら、一つ二つの成功例があってもかまわないからね。

『一つ二つの成功例』って、どういうことだろう？

その場にいた文部科学省の深見さんは、私の顔をちらちら窺《うかが》いながら、「おいおい」と咎《とが》めるような口ぶりだった。この反応も意外なものだ。まるで『私たちだけで共有している秘密を喋《しゃべ》るな』って感じだった。

——かまわない。

そう言って、葉山さんは真剣な目で私の顔を覗《のぞ》き込んだのだった。

——私たちがやっていることが日本人全体のためになる、日本が日本としてこれからも存在するためには私たちのやっていることが正しいと、一ツ木君は認めたの。ぜひ、沢井さんも私たちの側について欲しい。

でも、本当に、葉山さんたちがやっていることは正しいことなのだろうか？

更地《さらち》になった伊達町の駅前商店街のことを思うにつけ、葉山さんの誘いには、おいそれと簡単には乗れない。

それに仮に一ツ木さんの言う『国の巨大な亡霊』の正体が旧内務省だったとしても、葉山さんたちのしようとしていることの全体像は判《わか》っていないし、一ツ木さんがどう対抗しようとしていたのかも全然判らない。

ともかく、国——葉山さんたちは、今回の補助金による施策で他の自治体が失敗してもかまわない……いや、失敗すると初めから踏んでいるようなふしがある。

私も最近、うすうすそう感じる。

補助金を受ける自治体の振興策は、次々と発表された。ハコモノにしろ、イベントにしろ、山崎議員——の名を借りた一ツ木さん——に言わせれば、おそらくどの振興策も落第だ。一ツ木さんの評価書はどれも厳しいもので、読むだけでも辛《つら》かったが、反面すごく勉強になった。

そうした目でみると、今回の補助金を有効に活用すること自体が、そもそも至難《しなん》の業《わざ》だと判る。

だって無理だもの。

一年でアイデアを出して、単一の事業のために使いきる。それが条件だから、基金を作って長期事業に充てることもできない。

……ひょっとして、一ツ木さん言うところの『国の亡霊』は、失敗してもかまわないという度量の広さを見せたのではなく、むしろ自治体に積極的に失敗させるために、補助金を出した……

ふと浮かんだ考えに、私はちょっと恐ろしくなった。

……そして、その次に起こることは……

「座ってもいい？」

突然話しかけられて、私は驚いて顔を上げた。

先輩の三崎紗菜さんが、お弁当箱を手に、向かいの席の脇に立っていた。

「あ……三崎さん。もちろんです」

三崎さんはにっこり笑うと、席に着いた。

「お弁当にお箸《はし》もつけずに何か考え事していたから、声かけちゃいけないかなとも思ったんだけど」

「そんなことないです」私は慌《あわ》てて手を振った。「ちょっとぼんやりしていただけです」

「それなら良かった」三崎さんは自分のお弁当箱を開けた。「好きなものがあったら、替えっこしない？」

三崎さんの声は弾《はず》んでいる。

「なんだか嬉《うれ》しそうですね」

「ええ」三崎さんは顔を少し赤らめた。「このところ、本倉町長も……あと、一ツ木さんも、いつも上機嫌《じょうきげん》で……」

本倉町長が上機嫌なのは判る。

先日更新した南予町の特設ウェブページが評判になっているのだ。

そのページには、本倉町長が今回の補助金について山ほど提出した提案書と、それらを完全否定する山崎議員の評価書とが、丸ごと載っている。

すべてノンフィクションだが、これを読んだ人は、完全なジョークページだと誤解しているらしい。

そもそも一ツ木さんが、あからさまにジョークだと思わせるようなふざけたデザインにしたことも、理由の一つにはある。しかし、ページの末尾に載せられた最終決定案——一億七五〇〇万を南予町の小中学校のＩＴ教育推進に充《あ》て、そして、余剰分を周辺市町にも提供するという案——の切実さ、内容の緻密《ちみつ》さと見事に対比されていたことも、大きな理由となっている。

そりゃそうだよね。提案者である忽那先生の熱い思いと、中央官庁の官僚や大企業がタッグを組んで作成した資料に、批判できる隙《すき》なんてないもの。

ただ、相対的に無能な道化《どうけ》役を演じることになった本倉町長が、寄せられたネットユーザーからのコメントを好意的に受け取っていることだけは、私にはよく判らない。いったい、どういう神経をしているのだろう。

理解できないといえば、最近一ツ木さんが上機嫌なのも、なんだか怪しい感じだ。

「町長はともかく、一ツ木さんで、一ツ木さんまでもが機嫌良さそうなのはどうしてなのでしょう。一ツ木さんは一ツ木さんで、例の補助金の使い道について、腹案があったはずですよね」

「そうなのよね」

三崎さんも首を傾《かし》げた。

まあ、一ツ木さんのぶすっとした顔を見ないですむのはいいことだ。

「理由は判らないにしても、今回の件は丸く収まった……ということでしょうか」

私が安堵《あんど》のため息をつくと、三崎さんは眉《まゆ》を寄せた。

「そうとばかりは言えないわ。山崎議員はずっと不機嫌なの」

あー。

それはそうだろうな。

「本倉町長とおそろいで、ド派手なピンクのラメ入りスーツ姿を撮られ、あまつさえウェブページに載せられては、そうなりますよ」

山崎議員は当初、一ツ木さんの腹案に賛成していたらしい。そのため、一ツ木さんと協力して、一般公募の案をことごとく潰してきたのだ。ところが最後は、忽那先生の子どもを思う気持ちにほだされて、忽那先生の案に賛成してしまった。

あのスーツ姿の写真は、その裏切りの代償《だいしょう》として一ツ木さんに無理《むり》強《じ》いされたものだろう。頭の硬い山崎議員が、全世界に向けて公開された自分の滑稽《こっけい》な姿を見て、良い気分になるはずがない。

三崎さんは首を振った。

「それだけじゃないの。最近、例のヤンチャ二人組とやりあったりしたらしいわ」

南予町でヤンチャ二人組といえば、三崎さんの神社の氏子《うじこ》総代《そうだい》のお孫さん……確か上《じょう》甲彰《こうあきら》君……と、消防団の分団長の息子さん……中尾優司《なかおゆうじ》君だ。二人とも町内の中学校に通っている。

悪さをするといっても、自転車で走り回って、誰かを追い抜く時に奇声を上げて驚かせたりするぐらいなんだけどね。田舎《いなか》だと目立つ。

どこで噂《うわさ》を嗅《か》ぎつけたか、二人組は、町営の貸し農園で小早川さんが建てた小屋を覗きにきたりもしている。そこには、住民登録をせず密かに滞在中の女性、祥子さんが隠れて暮らしていたんだ。心を痛めて誰とも会えなくなっていた祥子さんは、今は山崎議員の屋敷の改造した納屋《なや》で暮らしているから、二人組に見つかるはずもないんだけどね。

「その二人組がどうしたのですか」

「私も最近知ったのだけど、山崎さんが、自宅に有料の休憩室を作っていたらしいの。『渓《たに》の銀河』を見にきた観光客向けにね」

私はどきりとした。

それって、祥子さんが住んでいる納屋のことだ。無料だとかえって祥子さんの心の負担になるからと、一日一〇〇円くらいで提供しているのだ。

「その二人組が、金出すから納屋に泊めろって押しかけてきたって」

ええっ⁉

「そ、それでどうなりました？」

「山崎議員は、外からの観光客向けのものだからと突っぱねたらしいんだけど、二人組は金さえ払えば俺たちだって観光客だって言って聞かないみたいで……。ひとまずその時は、予約がいっぱいだからという理由で追い返したらしいんだけど、二人組は、予約がない時にまた来るって」

あー、まずいなあ。

なんか、あの二人組、勘が良いのか悪運が強いのか、どんどん祥子さんに近づいている。

なんとかしたいが、無理に止めようとすればますます勘ぐるような気もするし……。

「貸し出しの看板は屋敷の中にあって、外からは見えなかったはずなのに」

三崎さんが首を傾げた。

「そうなの？　結衣ちゃん、どうしてそんなこと知ってるの？」

「あ、いいえ。例の補助金について教えを乞《こ》いに山崎議員のお屋敷に行ったことがあって……。あ、それより、秋のお祭りの準備はどうですか」

私は慌ててごまかした。住民票を移しておらず、南予町の各種公共サービスを受けられない状態のままの祥子さんのことは、ごく限られた人にしか知らせていない。本倉町長、山崎議員とその家族、林議員、推進室の北室長、一ツ木さん、そして私。もちろん町長秘書の三崎さんなら口が堅く、信頼できる相手ではあるけれど、秘密の負担を負わせるのは申し訳ない。

幸《さいわ》い、三崎さんはそれ以上怪しむことなく、微笑《ほほえ》みを浮かべた。

「今年のお祭りもなかなか大変。でも今年は、消防団の菊田鉄雄君のおかげで高齢者の方も来ていただけそうで、楽しみにしているの」

三崎さんのお父上が神主《かんぬし》を務める神社の本殿は長い石段の上にあって、お年寄りや足の悪い人は上《のぼ》れない。そこで、テッちゃんこと菊田鉄雄君をはじめ、消防団の人たちの発案で、お祭りの当日、駕籠《かご》を作って石段を上り下りすることになったのだ。

本当は、私が思いついた案なんだけどね。何かと都合が良いから、テッちゃんの発案ってことにしておいてあげているのだ。なのに、まるでテッちゃんの手柄のように三崎さんが褒《ほ》めているのは、ちょっと複雑……。

いやいや、今はそんなことにこだわっている場合じゃない。

ヤンチャ二人組をどうにかしないと。

万一、心を痛めている祥子さんに良くない影響があったりしたら大変だ。

悩みの増えた私は、空《から》になったお弁当箱を下げて、推進室に戻った。

噂をすれば影。

推進室の応接用ソファーに、例のヤンチャ二人組の祖父と父親——氏子総代の上甲さんと消防団分団長の中尾さんとが向かい合って座っていた。

「いらっしゃいませ」

私はドキドキしながら、頭を軽く下げた。

しかし、二人は私のことなど意に介さず、すごい剣幕で睨《にら》み合っている。

何があったんだろ。

一ツ木さんと北室長を交互に見やったが、一ツ木さんは相変わらず「我関せず」っていう態度で、自分の席について本を読んでいる。

北室長はというと、分団長さんの横で取り成すように座ってこそいるものの、いつもの狸《たぬき》顔でニコニコしているだけで、何も言わない。

上甲さんと中尾さんがここのところ仲が悪いのは、事情に疎《うと》い私でも知っている。原因はやはり、彰君と優司君に関してのことだった。「お前のところのバカがうちの子を誘った」って言い合っているのだ。

「だからだな」氏子総代の上甲さんはテーブルにドンと手を打ち付けた。「祭は神事なんだよ。神様が一番大切なんだ」

「そんなことは判ってますよ」

分団長の中尾さんは苦い顔をした。

「じゃあ、なんだ、あの駕籠で高齢者を運ぶっていう消防団の計画。そもそも神輿《みこし》の担《かつ》ぎ手《て》自体が不足がちなのは判っているだろ。それなのに、消防団のテツとかいうバカが、くだらんことを言い出しおって」

あ、そうか……。

テッちゃんは消防団にも氏子会にも所属している。祭の現状も、消防団の事情もすっかり把握《はあく》しているはずだ。駕籠かきのアイデアをさも自分の案のように出したのは、こうなることを想定して、私を矢面《やおもて》に立たせないためだったのだ……。

テッちゃん、ごめん……。

「あのう……その計画、実は……」

事情を話そうとする私を、北室長が唇《くちびる》に人差し指を当てて止めた。

「お祭りに行きたくても行けなかったご高齢の方たちが喜んでくださるんです。それをくだらないとは思いませんが」上甲さんより二回り近く年下の中尾さんは、言葉遣いこそ丁《てい》寧《ねい》だが、きっぱりと言った。「菊田一人の絵空事ではありません。消防団として決め、準備を進めてきたことです」

「じゃあ、神輿はどうするんだ。トラックに載せて運べとでもいうのか」

上甲さんの語気が強くなった。

「まあまあ」北室長がようやく間に入った。「それを調整するために、こちらに来ていただいたわけですし」

なるほど、北室長が二人を呼んだのか。

それならうまく行くかも……と私は淡《あわ》い期待を抱いたが、それからしばらく、二人の間で激しい議論が続いた。

ただ、二人の議論を聞きながら、いろいろと知ることがあった。

たとえば松山の祭だと、鉢合《はちあ》わせといって神輿同士をぶつけたり、川に投げ込んだりする激しいものがある。ところが南予町の神社の神輿は「わっしょい、わっしょい」と勢いをつけて担ぐことすら御法度《ごはっと》だ。「お渡り」といって、なるべく静かに揺らさないように、町を一周する。もちろんそのこと自体は知っていたが、地味な見た目とは裏腹に、担ぎ手は結構疲れるらしい。

そのため神輿の担ぎ手は、男衆が頻繁《ひんぱん》に交替しながら務めることになる。ところが今年、駕籠かきのために消防分団の人員が割《さ》かれるとなると、とてもいつものようには回りきれなくなってしまうというのだ。

「昔からのお渡りの経路を変えるわけにはいかん」

氏子総代は強硬《きょうこう》に主張した。

本殿が今の場所に建立《こんりゅう》されたのは室町《むろまち》時代のことだが、言い伝えによれば、それ以前から祭事は行なわれていたらしい。春、山から下りてきて水田を見回っていた神様を、秋になって稲の収穫を見届けた後、山にお返しする。その時、神様に乗っていただくのが神輿なのだそうだ。本当かどうかはわからないが、その習わしは、この辺りで稲作が始まった頃から行なわれていたのだという。その長い歴史を持ち出されると、分団長も反対できなかった。

結局、一時間近く話し合って、消防分団は例年同様に総出で神輿を担ぐことになった。駕籠が階段を往復するのは、神輿が神社に戻った後、最も町民に人気の高い神事である巫《み》女《こ》の舞いが行なわれる前後二時間に限られる。

双方の主張を取り入れた折衷案《せっちゅうあん》ではあるが、分団員さんたちは当日、神輿に駕籠かきにと、ぶっ続けで働くことになる。

ほとんど押し切られるような形の結論に、中尾さんは押し黙ってしまった。

私はそれ以上の申し訳なさで、顔を上げることもできなかった。私の思いつき一つで、とんでもない負担を分団員さんたちに強いてしまうことになったのだ。分団の皆さんに合わせる顔がない。

重たい気分のまま家に戻ると、お祖母《ばあ》ちゃんが座敷に五円玉を並べていた。

「どうしたの？」

「ああ、これ？　今度の秋祭りに、消防団の人が駕籠で運んでくれることになったでしょ。何年かぶりに本殿まで行けるから、お賽銭《さいせん》を選んでいるの」

「お賽銭を選ぶ？」

そうだった。すっかり忘れていた。

南予町の秋祭りでは、その年の一番きれいな穴銭をお賽銭箱に入れるのが習わしになっている。昔はどうだったのか知らないが、現在では稲の絵柄が入っていることから、五円玉が使われるのだ。

「目が悪くてね。結衣ちゃん、ちょっと選んでくれない」

「いいよ」

私は何枚かを手に取って、「これかな」とお祖母ちゃんに渡した。

「じゃあ、これを井戸の水で清めておかないと」

「お祖母ちゃん、嬉《うれ》しそうね」

「それは、そうよ。もう巫女の舞いは見られないかと思っていたから。本当に消防団の人には感謝だねえ」

喜んでいるお祖母ちゃんを見るにつけ、私はますます複雑な気持ちになった。

そもそも駕籠の案を思いついたのは、お祖母ちゃんのことが頭にあったからだ。始まりは私事からなのだ。

それなのに、分団員さんに負担がかかる。

……どうしよう……。

いよいよ秋祭りの日になった。

私は有給休暇をとって、せめて分団のお手伝いをすることにした。室町時代……いや、もっと昔から続いている祭の日程は旧暦《きゅうれき》に基づいて決められるから、今年は平日に行なわれる。私は原付バイクに跨《また》がって、神輿の担ぎ手さんのために、冷えたジュースやお茶を運ぶ係を務めた。いつも乗っているスクーターではなく、テッちゃんに借りたカブという原付バイクだ。

神輿の担ぎ手さんの中にも、普段は会社勤めをしている人が多い。彼らは有給をとって参加しているはずだし、自営業の人たちだって、自分の仕事をおいて奉仕している。

担ぎ手が交替するたび、私は荷台のクーラーボックスから飲み物を取り出して手渡す。

テッちゃんたちは、秋も深まったというのに汗びっしょりだ。

そして、またテッちゃんの店に戻り、冷えた飲み物を積み込む。これを朝から十回以上繰り返していた。お昼にはテッちゃんのお父上が、軽トラでお弁当を運んできてくれた。

午後、やっと神輿は神社に戻ってきた。

石段は何百段とある。

ここから先は、分団員は免除されることになっていた。僅《わず》かな休憩を挟んで、今度は駕籠を担ぐ仕事があるからね。推進室での話し合いの後、分団長が氏子総代に頼み込んで勝ち取った、せめてもの譲歩《じょうほ》だ。

分団員さんを除く担ぎ手さんたちは、改めて気合いを入れ直し、神輿を担いで上がっていった。

一方、分団員さんたちは、汗でびっしょりになった祭の法被《はっぴ》を脱ぎ、消防団の法被に着替えている。

私は、顔を真っ赤にした皆さんに飲み物を配った。

「テッちゃん、本当にお疲れ様」

テッちゃんはにっこりと笑った。

「コウさんも、お疲れ様でした」

副分団長のコウさんこと清家浩二《せいけこうじ》さんも微笑んで応じてくれた。

「お疲れ様。でも、これからが本番だ。分団長が神輿を担いでいる最中に腰をやられたから、これから分団の指揮は俺が執《と》る」

初耳だった。

分団長の中尾さん、腰を痛めるほど働いたんだ……。申し訳ない。

ペットボトルの水を一気に飲み干したテッちゃんは、休む間もなく、テントの中から駕籠を出してきた。二本の太い竹に、縄で編んだ籠がぶら下がっている。

これを分団員が二人で担ぎ、転倒などが起こらないように、後ろからもう一人の分団員が補助について石段を上がっていくのだ。

料金は二〇〇円。

ただ、このお金は分団には入らない。万一の事故が起こった場合のために、全額、保険会社にそのまま渡る。

こうした特殊な……しかも少額の保険の契約は難しいのかと思っていたが、どういう伝《つ》手《て》か、北室長が全部とりまとめてくれた。

そろそろ、駕籠の営業が始まる。分団員さんたちは、全部で五挺《ちょう》ある駕籠を石段の下に並べた。既存の駕籠を参考に、分団員とその家族で作ったものだ。

さっそく、杖《つえ》をついた高齢の男性が駕籠に近寄ってきた。

「本当に二〇〇円で上ってくれるのかね」

「はい。往復で二〇〇円です」テッちゃんはにっこりと笑った。「でも、注意があります。駕籠の中から勝手に降りようとしないでください。危険ですから。あと、下りも必ず駕籠に乗ってください。石段は上るときよりも下りる時の方が危ないんです。あと、保険会社との契約で、この用紙に名前と住所を書いていただかないといけないんですが」

テッちゃんは、記入してもらった用紙の内容を確認してから料金を受け取り、料金箱がわりの菓子箱に入れた。

既に駕籠を担いでいた分団員さんが、慣れた動作で男性を駕籠に乗せた。何度も何度も自分たちで練習したのだと聞いている。

練習のために何往復、石段を上ったんだろう……。

申し訳なさそうな私の顔を見たのか、テッちゃんは「おかげでいい訓練になった」と独り言っぽく呟《つぶや》いた。

朝から神輿を担いで疲れているはずなのに、そんな様子を一切《いっさい》見せることなく、分団員さんたちは、次々に駕籠を担いで石段を上っていく。

本当に申し訳ない。

私は、遠ざかっていく分団員さんたちの背に深く頭を下げた。

「結衣ちゃんは分団員じゃないんだから、お客さんにそんなに深く頭を下げなくてもいいよ」

テッちゃんが苦笑いした。

もう。

私が頭を下げている相手はお客さんじゃなく分団員さんたちだって、判ってるくせに。

一時間ちょっとで、彼らは五十人近くの高齢者や体に障害のある人、それに妊婦さんを運んだ。

巫女の舞いの始まる時間が近づくにつれお客さんが増えてきて、分団員さんは石段の頂上でお客さんを降ろすなり、空駕籠を担いで駆け下りてくる。

分団員さんたちの法被から汗がしたたる。

私は下りてきた分団員さんたちに、飲み物や汗拭《あせふ》きタオルを手渡した。

その時、見たことのある中学生がじゃれ合いながらこっちに近寄ってきた。

あれは、分団長の息子の優司君と、氏子総代のお孫さんの彰君だ……。

何か嫌な予感がする。

まずいことに分団長は今、腰を痛めて病院に行っている。いや、だからこそ、あの子らは冷やかしにきたのかもしれない。

「ねえねえ」優司君が馴れ馴れしくテッちゃんに声をかけた。「二〇〇円で駕籠に乗せてくれるんだよね」

「自力で石段を上り切れない人にはな」

「俺たち、足くじいちゃって上れないんだ。乗せてくれよ」

分団員さんたちの苦労を知っている私は、頭にかっと血が上った。

「あんたたち、さっきまで普通に歩いていたじゃない！」

「その時に足をくじいちゃったんだよ」

彰君がへらへらと笑った。

「あんたたち……」

「いいよ」テッちゃんが二人と私の間に立った。「乗せてやる。だが、乗る前に注意だ。駕籠の中から勝手に降りるな。危険だからな。あと、下りも必ず駕籠に乗ること。石段は上りよりも下りの方が危ない。特にくじいた足ではな」

テッちゃんは、二人に書かせた用紙と料金を受け取った。

「さあ、乗るといい」

優司君が乗った駕籠はテッちゃんと中年の分団員さんが、彰君が乗った駕籠は、コウさんと若手の人が担いだ。それぞれに補助がつく。

補助なんていらないよ。転げ落ちればいいんだ。

ここ数年ないほど怒っていた私は、つい、そんなことを思ってしまった。

それでも、あのヤンチャ二人組が何かしでかすのではないかと気になる。

私は、テッちゃんについて石段を上った。

「楽だ楽だ」

二人はこれ見よがしに騒いでいる。

騒ぐだけならいいが、テッちゃんたちが何も言わないのをいいことに絡《から》んできた。

「あんたら汗臭いよ」

なんですって⁉

誰のためにかいている汗だと思っているのよ！

蹴落としてやろうか⁉

私はすっかり頭に来た。しかしテッちゃんの反応は飄々《ひょうひょう》としたものだった。

「朝から神輿担ぎ、今は駕籠かきと、大忙しだからな」

息を切らしながらも爽《さわ》やかに答える。

「それで儲《もう》けた金で呑《の》むビールがうまいって訳か」

なおも優司君がからかう。

「駕籠代の二〇〇円は、万が一事故が起こってしまった時のための保険料だ。俺たちには一銭も入らない」

その答えは、少なからずバカ二人には意外だったようだ。しばらく二人は黙り込んだ。

そうこうしているうちに、二人は何だかそわそわしはじめた。

やっと周りの目線に気づいたようだ。

巫女の舞いを見ようと上る参拝客が、彰君と優司君をちらちらと軽蔑《けいべつ》の目で見ている。

「ここで降りる」

ついに優司君が堪《たま》りかね、駕籠から身を乗り出そうとした。しかし、その首をテッちゃんががっちり摑《つか》んだ。

「最初に注意したはずだ。途中で降りるなと」

振り返ると、コウさんがやっぱり彰君の首を摑んでいる。

「い、痛《いて》え」

優司君が振り払おうとしたが、テッちゃんの手は一向に離れない。テッちゃん、いつの間にそんなにがっちりした手になっていたんだろう。

「ただで汗かくなんて、バカじゃないの」

そんな情けない状態になっても、優司君は憎まれ口を叩いた。

「戦《いくさ》だからな」

「戦って……」

「俺たちはな、自分たちの町を守るために戦を続けているんだ。消防団の活動はもちろん、神輿を担ぐのも駕籠を担ぐのも、みんな戦だ」

そういえば「戦」って言葉……以前、聞いたことがある。

どんなに頑張《がんば》って移動販売を続けても町の人口が減っていくことに気落ちしていたテッちゃんに、コウさんが授《さず》けた言葉だ。

――戦は勝ち戦だけじゃない。テツの戦が仮に負け戦になるとして……お前は戦を止めるのか。

テッちゃんは、この言葉にすごく感動したらしい。

私は振り返ってコウさんを見た。コウさんは口の端に笑みをたたえていた。

テッちゃんは続けた。

「俺たちだけじゃない。これから始まる巫女の舞いだってそうだ。お前らより年下の女の子たちが何ヶ月も無報酬で必死に練習した。本当は下りも駕籠に乗せるのが規則だが、巫女の舞いをしっかり見ることを条件に、下りは歩いていくのを許してやる」

そう言うと、テッちゃんはバカ息子の首から手を離した。

それ以降、二人組は何も言わず、温和《おとな》しく駕籠に揺られていた。

石段の頂上に辿《たど》り着いたテッちゃんやコウさんたちは、ヤンチャ二人組を降ろしてしばらく荒い息をした後、脇に置かれた机の上の用紙に何やら走り書きすると、黙って空駕籠を担いで下っていった。

ちらりと紙を覗き込むと、メンバーそれぞれが駕籠を担いだ回数、補助をした回数が正の字で書かれていた。テッちゃんの名前の横には、「担ぎ」にも「補助」にも、いくつも正の字が並んでいる。そういえば、駕籠かきの様子は詳しく保険会社に報告しないといけないって、北室長が言っていたっけ。記録がきちんとしていれば、次回以降の契約はもっと簡単になるし、保険料も安くなるかもしれないって。

大人の世界は面倒だな。

それに比べてバカな子ども二人は、何かばつの悪そうな表情を浮かべた後、境内《けいだい》の隅に隠れるように移動した。それでも、巫女の舞いを見るという約束だけは守りそうだ。

見下ろすと、テッちゃんたちは既に麓《ふもと》にいて、休む間もなく次のお客さんを乗せている。

ちょっと胸がどきっとした。テッちゃんって、あんなにカッコ良かったっけ。幼なじみとして、テッちゃんのことはよく知っていると思っていたのだけど……。

巫女の舞いが始まるまでには、まだ少し時間があった。私は境内をぶらつくことにした。例年より参拝客は多そうだ。分団の人たちのおかげだな。

私は社殿の前に進んで、お祖母ちゃんから貰ったきれいな五円玉をお賽銭箱に入れると、手を合わせた。

もちろん、このお賽銭だけで神社が持つわけがない。あらゆる面で氏子の皆さんが支えている。神主である三崎紗菜さんのお父上も、普段は会社員として働いているのだ。神職のほうは無給どころか持ち出しらしいと紗菜さんから聞いたことがある。

みんなで支えあって、この町があるんだな。

そんなことを考えていると、後ろから「結衣ちゃん」と声をかけられた。

「あ、お祖母ちゃん」

久しぶりに神社に来られたお祖母ちゃんは嬉しそうだった。「本当に、分団員さんたちは、ありがたいねえ」と繰り返した。

「で、なんで一ツ木さんがお祖母ちゃんと？」

お祖母ちゃんの横には、なぜか一ツ木さんが立っていた。一ツ木さん、あのウェブページをアップして以来、何の役にも立っていない。

「なんでって、巫女の舞いを見るために決まっているだろう。お祖母様とは石段の下で出会ったから、駕籠と一緒に上ってきた」

「一ツ木さんもありがたいねえ。私が今まで知らなかった神事のことなど沢山《たくさん》教えてくれたよ」

えっ？

めんどくさがりの一ツ木さんが？

一ツ木さん、高齢者には親切なのかな。

一ツ木さんがクイクイと顎《あご》を動かした。

促《うなが》されてそちらを見ると、しずしずと舞台の上に今年の巫女たちが三人、出てくるところだった。巫女の衣装に身を包み、おしろいと紅《べに》の化粧で飾って、彼女らは神々《こうごう》しい雰囲気を纏《まと》っている。

舞台の上で、三人の巫女は驚いて目を丸くしていた。その視線の先を振り返ると、ヤンチャ二人組が舞台を遠巻きに見ていた。今年の巫女三人は、優司君たちの小学校の後輩に当たるから、見知っているのだろう。

ほどなくして、巫女の舞いが始まった。

鈴を鳴らしながら、彼女らはゆっくりと歩を進めていく。

巫女の舞いが始まった途端、境内の空気がさっと澄《す》んでいくような気がした。まるで、どこか深山の奥にいるような気持ちになる。

咳《せき》をする人すらいない。みんなが、息を詰めている。

巫女の舞いは、いつものように、静かに終わった。

その瞬間、方々からため息のようなものが出てきた。

参拝客それぞれが、感想を言い合っているようだ。バカ二人でさえ何か感じるものがあったのか、顔を寄せ合って、ぼそぼそと話している。

石段の下り口の手前には、たちまち駕籠を待つ列ができた。

舞いを見届けたテッちゃんたちは、汗を拭《ぬぐ》う間もなく客を駕籠に乗せて石段を下り、空駕籠を持って駆け上がってくる。お祖母ちゃんは遠慮して列の最後尾に並んでいた。

結局、最後の客になったお祖母ちゃんと一緒に、私も下りた。おまけに一ツ木さんも、ぶらぶらという感じでついてくる。

ふと石段の麓で、ヤンチャ二人組が、コウさんとテッちゃんに何か話しかけているのが見えた。一瞬、また何か絡んでいるのかと緊張したが、そんな雰囲気でもなさそうだ。

「お祖父さんが生きている間は毎年見にきていたけれど、また見られるとは思わなかったねえ」

駕籠の中で、お祖母ちゃんは涙を浮かべた。前後の駕籠かきたちに「ありがとうね」「ありがとう」と繰り返している。

分団員さんは、そのたびに「いえいえ」と照れたような笑みを返していた。

駕籠から降りると、お祖母ちゃんは分団員さん一人一人に頭を下げて家路《いえじ》に就《つ》いた。

これにて、事故もなく駕籠の営業時間は終わった。

ただ、私には、まだやるべきことがある。後片付けを手伝わないといけないのだ。それに、気になることがあった。

私はジュースをラッパ飲みしているテッちゃんに近づいた。

「ねえ……。さっき、例の二人組と、どんな話をしてたの？」

「ああ。あの二人、高校卒業したら消防団に入れてくれって」

ええっ⁉

「あのヤンチャな子たちが？」

傍《そば》で汗を拭いていたコウさんがニヤリと笑った。

「テツの言葉に感動したらしい。テツも昔はヤンチャだったから、あいつらの心を摑むのがうまいのかな」

コウさんの言葉にびっくりした。

確かに私はテッちゃんと幼なじみで、小学生の頃までは一緒に遊んでいた。が、中学生になってからは、やっぱり男の子と女の子ということで、あまり話すこともなくなっていたのだ。当時松山に住んでいた私は、たまの休みに南予町に帰ってきても、テッちゃんと顔すら合わせないことが多かった……。

そういえば、火遊びで納屋を全焼させたことが、テッちゃんが消防団に入るきっかけだったとかいう噂を聞いたことがある……。

「テッちゃん、ヤンチャだったの？」

テッちゃんは、大慌てで手を振った。

「コウさん！　昔の話はやめてくださいよ！」

うーん。

ひょっとして、テッちゃんも中学時代は、あのバカ二人みたいなことしていたとか？

でもまあ、いまのかっこいいテッちゃんに免じて、追及するのはやめておこう。

テッちゃんは私を手招きすると、照れくさそうに顔を背《そむ》けて歩き出した。

どこに行くのかな。

人目につかない、ずいぶん離れたところまで来たとき、ようやくテッちゃんが振り返った。

「どうしたの、こんなところで」

「結衣ちゃんに言っておきたいことがあって」テッちゃんは、辺りに人がいないか確かめるように顔を巡らせた。「あのヤンチャ二人組が、消防団に入りたいって言ってきた時さ。今のお前たちの体力じゃ駄目だ、毎日欠かさず早朝ランニングすることって約束させた。だから安心して」

「安心？」

「これで、夜遊びで山崎さんのお屋敷の納屋に泊まりたいなんて言って、例の女の人を困らせることはないだろ」

えっ⁉

なんでテッちゃん、祥子さんのことを知っているの？

「移動販売なんてやっていると、いろいろ情報が入るんだよ」

私の心を見透《みす》かしたのか、テッちゃんは悪戯《いたずら》っぽい笑みを見せて、仲間たちのところへ戻っていった。

私も慌ててついていく。戻ってみると、分団員さんたちがテーブルの上に顔を寄せ合い、何やら議論しているところだった。

「どうしたんですか」

テッちゃんの質問に、コウさんが答えた。

「数が合わないんだよ」

「何の数ですか」

「保険会社に報告する数。客を上げ下ろしする度にチェックを入れていただろ。ところが書類を突き合わせると、上りの客が八十四人。下りの客が八十一人なんだ」

「バカ二人組は歩いて下りましたよ。それでも他にもう一人、下りは駕籠に乗らなかったのかな。危ないから必ず下りも駕籠に乗るようにって、あれほど口《くち》を酸《す》っぱくして言っておいたのに」

「ひょっとして、まだ上に客がいるとか？」

「俺、ちょっと見てきます」すかさずテッちゃんが言って、石段を一つ飛ばしに駆け上がっていった。

その背を見ながら、コウさんが携帯を取り出した。

「ああ、三崎さん、お忙しいところすみません。そちらでは氏子の代表の方々が、夜通し神前でお食事をされるのですよね。その中に駕籠を使って上られた方がいるか、ちょっと聞いていただけませんか」

しばらく携帯を耳に当てていたコウさんだったが「えっ？　駕籠を使った方はいない？」と顔を曇《くも》らせた。「そうですか。ありがとうございました」

テッちゃんが石段を駆け下りてきた。

「境内には今は誰もいません。本殿では酒盛りの真っ最中でしたが」

「じゃあ、やっぱり、黙って下りていった人がいるんだ」

「あのう」分団員の一人が声を上げた。「なんか、ちょっと変です。名前と住所を書いた紙は八十四枚あったんですけど。一枚は白紙なんです」

「えっ？　分団員の目の前で書いて、それと一緒に料金を渡して貰っていたのに？　料金のほうは？」

「料金は、全部で、八十三人分の一万六六〇〇円と……こんなものが一枚。江戸時代の一《いち》文銭《もんせん》でしょうか」

分団員さんがコウさんに古銭のようなものを渡した。

一ツ木さんがコウさんの手を覗き込んだ。

「へえ。和同開珎《わどうかいほう》か……」

「なんですか、その『わどうかいほう』って」

「そんなことも知らないのか」私の質問に、一ツ木さんは呆《あき》れ顔だった。「奈良時代に日本が鋳造《ちゆうぞう》・流通させた貨幣だと言われている」

「そんなに古い物には見えませんが」

「ああ。こんなに状態がいいものは初めて見た。それにあまり使った形跡がないな」

「偽物とか？」

「いや。僕は昔、大英《だいえい》博物館で働いていたことがある。本物は山ほど見てきた。だから本物の持つオーラのようなもの、偽物の持つ臭いのようなものは判る。真贋《しんがん》の鑑定には自信があるんだ」

コウさんが、あらためて手の中の古銭を見つめた。

「で、どのくらいの価値があるんだ？」

「この時代のもので、これだけ状態がいいとなると、数百万円でしょう」

分団員の中から驚きの声が上がった。

先日、お祖母ちゃんがきれいな五円玉を選んでいたことを思い出した。そういえば、南予町の秋祭りでは、その年の一番きれいな穴銭をお賽銭箱に入れるのが習わしになっているのだった。

見れば、和同開珎とやらも確かに四角い穴の開いた穴銭ではある。でも今の時代、よっぽどのコレクターでない限り、きれいな古銭を選ぶなんて、なかなかできないだろう。

とすれば、この和同開珎って……。ひょっとして、ずっと昔に神様に……。

「一人、駕籠に乗って上ったけど、下りの駕籠には乗らなかった……。なぜって下りるのは来年の春だから……」

一ツ木さんがぼそりと言った。

全員が、石段を見上げた。

まさか……。

まさかね……。

「しっ」コウさんが人差し指を口に当てた。

「神様が、氏子会の神輿でなくてうちの駕籠に乗って戻られたなんて噂が立ったら、あのうるさい氏子総代が……」

テッちゃんも唸《うな》った。

「おまけに氏子代表、孫の彰が高校を卒業したら消防団に入るっていずれ聞かされますし」

「へんな噂で消防団と氏子総会の関係がまたややこしくなったら、両方掛け持ちの俺らはたまらん。来年の駕籠かきにも影響する」

「どうします？」

しばらくコウさんは腕を組んで考えていたが、未記入だった保険会社の用紙に『時価数百万円』と書き、それで和同開珎を丁寧にくるんだ。

「テツ。この和同開珎とやらは神社への寄付ということで、こっそり賽銭箱に入れておいてくれ」コウさんはそう言うと、上りの正の字から一本、線を消した。「一応、これで数は合う」

第七話　古道へとなる道

朝晩、涼しい日が続くようになった。

出勤した私は、推進室の窓を全開にして空気を入れ換えた。

「おはようございます。沢井さん」

すぐ後に入室してきた北室長が、窓からそよ吹く風に眼を細めて、自分の席に向かった。

「おはようございます」

私も席に着くとパソコンに向かって仕事を始めた。

推進室には特に決まった業務はないが、いろいろとイレギュラーに発生した問題などが持ち込まれている。最近は、私一人に任せられる仕事もあって、けっこう忙しいんだ。

しばらくパソコンに熱中していた私は、ふと、人の気配に目を上げた。

一ツ木さんが席に着いている。

まあ、朝来ても挨拶《あいさつ》しないし、退室するときも黙って出ていくのはいつものことだけどね。

一ツ木さんは、いつものように机の上に本を広げている。ただ、いつもの外国語がびっしり並んだ分厚い専門書じゃなくて、いくつか図面が見える。機械か何かの資料のようだ。

何を読んでいるのか聞いてもまともに答えてくれないから、私も質問しない。

つまり、いつもの推進室だ。

時たま「5五角」とか、北室長と一ツ木さんの声が上がる。これもいつもの推進室。

おや。

北室長の携帯に着信が入ったようだ。

相手の話に聞き入っていた北室長が「本当に人骨らしいのですか」と質問した。

不作法とは思ったが、北室長の言葉が言葉なので、私は耳をそばだてた。

「そうですか……。ともかく、そちらに向かいます」

そう言うと北室長は携帯を背広のポケットにしまった。

「あの……人骨というと……」

「はい。例の貯水池《ちょすいち》の建設現場からの連絡でした。骨が出て、警察に連絡したそうです。

警察に来てもらったところ、まだ詳しいことは判《わか》らないが、どうやら人骨らしいと」

私は息を呑《の》んだ。

話はずっと前にさかのぼる。

私は、高校を卒業して役場に入って二年目に推進室に配属になったが、その冬の初めの出来事だった。

お祖母《ばあ》ちゃんの家から町役場へと通勤する経路沿いに、百坪《つぼ》ほどの空き地がある。昔は農業用の溜め池として使われていたのだが、戦後、別の灌漑《かんがい》施設が造られたため、埋め立てられたそうだ。本当に、どこにでもあるような何でもない空き地なのだが、私は子どもの頃から何か嫌な感じがして、その空き地に入ることができなかった。

その嫌な感じの正体を、いくつかの事実から一ツ木さんは、推理した。

かつて、その溜め池に身を投げた女性がいると。

身投げした女性の夫は、隼《はやぶさ》とかいう戦闘機の搭乗員だった。戦死公報が入ってから、彼女は徐々に心を弱らせ、ある夜、白い寝間着のまま、姿を消した。

当然、自殺が疑われたが、名誉の戦死を遂《と》げた軍人の妻が自殺したという事実は、当時としてはあまり公《おおやけ》にしたくなかったのだろう。たいした捜索も行なわれることはなかったという。

一ツ木さんの推理が正しければ、今も遺骨が土の下にあるかもしれない。

しかし、確たる証拠もないただの憶測だけで、元はかなり深かったという空き地を掘り返す訳にはいかない。

ただ、私は変わった。通勤中、空き地の脇を通る度《たび》に感じていた嫌な気分は消え、代わりに、悲しい感じを覚えるようになった。遺骨があるかもしれないのに何もできない。スクーターで通り過ぎる度に申し訳ないという気持ちがする。その空き地を駐車場代わりに使っていたテッちゃんも、軽トラを別の場所に駐《と》めるようになった。あと、誰か……多分、事情を知った北室長だと思うのだが、空き地の隅に香炉《こうろ》を供《そな》え、時々線香をあげているようだった。私も時折、出勤の途中にスクーターを停《と》めて、香炉に手を合わせている。

もちろん、このことを知るのは、北室長、一ツ木さん、私、それに幼なじみのテッちゃんだけだ。真相ははっきりしないから内緒にしようと決めたのだ。特に遺族が聞いたら、動揺するだろう。

ところが一年ほど前、県の意向で突然、その空き地が再び貯水池にされることになった。

近年、愛媛県の南部は何度か豪雨被害を受けている。この気候変動は逆の方向にも振れる可能性がある、と県は考えているようだ。つまり、ひどい旱魃《かんばつ》の可能性だ。もともと瀬《せ》戸内海《ないかい》に面している県中部と西部は瀬戸内海式気候に区分され、年間を通じて降水量が少ない。そのため昔から溜め池が至るところに設置されている。が、県の南部に属する南予町には、そうしたものが少ない。その点を県は懸念《けねん》したらしい。

ただ、例の空き地はそう易々と貯水池にできるわけではなかった。所有者がはっきりせず、埋め立てられてからは管理者すらはっきりしないというのだ。その調査役のお鉢は当然のように推進室に回ってきて、ずいぶん大変な思いをした。

「みんなで行きましょう！」私は勢いよく席を立った。「北さん、公用車を出して下さい！」

だが、私の提案に一ツ木さんは首を振った。

「町役場の公用車はないよ。二台のうち、一台は本倉町長が伊達町に行くのに使っている。もう一台はこれから僕が終日使う予定だ」

「一ツ木さん、貯水池の工事現場に行かないのですか」

私は、気乗りしないように見える一ツ木さんに詰め寄った。

「ま、骨はいずれ出てくると思ってたし」

「一ツ木さんの用事は、今日じゃないといけないんですか」

一ツ木さんは、ちらりと窓の外を見た。

「明日から秋雨《あきさめ》前線がこの辺りに来る。今回の前線は例年より長く停滞するらしい」

「秋雨前線？　どんな用事か知りませんが、雨が嫌なら一ツ木さんご自身の車で行けばいいじゃないですか」

「そうもいかない。荷物も相当あるのでね」一ツ木さんは立ち上がった。「そろそろ行かないと」

そう言って伸びを一つ打つと、一ツ木さんは推進室を出ていってしまった。

「一体、なんなんですか、あの人。遺骨があるかもしれないと言い出した本人なのに！」

かなり頭に来た私は、北室長に強く迫った。

「一ツ木君にも外せない用事があるのでしょう」北室長は例の狸《たぬき》顔で、まあまあ、と押しとどめるように手を広げた。「沢井さんはスクーターで行って下さい。私は自転車で後から追いかけますから」

スクーターを降りた私は、掘削《くっさく》中の空き地に向かって手を合わせた。

掘削地の周りには、警察の車両が何台か停まっている。

かなり深く掘られた穴の底は、ブルーシートで覆《おお》われている。きっとそこに人骨があるのだろう。何人かの警察官が、小さなスコップを使って、ブルーシートの周りを少しずつ削っていた。

「やあ」

声をかけられて振り返ると、清家浩二さんがいた。

コウさんの勤める建設会社が貯水池の工事を請《う》けたとは聞いていた。最近、伊達町が再開発のために県内の建設会社を駆り集めているが、北室長が社長を拝み倒して、コウさんたちをこちらに回してもらったらしい。

「コウさんが見つけたんですか」

「ああ。町役場の北さんから事情は聞かされていたから、重機を丁寧《ていねい》に動かした」

そうだったんだ。

「ありがとうございました」

私は、コウさんに頭を下げた。

「いや。おかげで見過ごさずにすんだ。可哀想《かわいそう》に、あんなに深く埋まっていたなんてな」

コウさんは、小さなため息をついた。

私は穴の縁《ふち》にしゃがむと、底に向かってもう一度手を合わせた。

ふと、線香の匂いがした。

いつの間にか到着した北室長が、線香に火を点《つ》けている。

日頃ここで線香を上げていたのは、やはり北室長だったのだ。時間から考えて、北室長が自宅に寄っている時間はなかったはずだ、あらかじめ準備してあったのだろう。

「すみません。私にも何本かいただけませんか」

北室長から譲り受けた線香を香炉に供えた。

「北さんからは内緒だと聞いていましたが、警察には、遺骨の身元が誰なのか、推論をお話ししておきました」

コウさんの言葉に北室長は頷《うなず》いた。

「身内のＤＮＡ鑑定……でしたか、検査をすればはっきりするかもしれませんね」

「はい。時間はかかるそうですが」

コウさんと北室長の話をぼんやり聞きながら辺りを見渡した私は、初めて気づいた。

空き地の周囲……掘削中の縁に沿って、彼岸花《ひがんばな》が咲き誇っている。

「きれいですね」

私は、つい場にそぐわないことを口にしてしまった。

しかし、コウさんも北室長も深く頷いた。

「毎年、この花が霊を慰めていたのかと思うと、少し気が楽になる」

「沢井さんは、彼岸花の別名を知っていますか」

「曼珠沙華《まんじゆしやげ》……でしたっけ」

「はい。いろいろ別名があって、『葉見ず花見ず』というのもあります」

「はみず……？」

「彼岸花の花はよく見ますよね。では、葉がどんなのか知っていますか」

「葉っぱ？」

私は、足下の彼岸花を見た。

すっと立つ茎《くき》に鮮やかな花が咲いているが、葉らしき物は見当たらない。

「葉は、花が散った後に地面から出てくるのです。そして冬、他の植物が枯れている時に日光を受け、地中の球根に養分を蓄《たくわ》えます。そして、葉が萎《しお》れた後で、花が咲くのです」

「ということは、一度に葉っぱと花が揃《そろ》うことはない……」

「そう。それで、花は葉に会えず、葉は花に会えずということです。それで、彼岸花の花言葉には『別離の悲しみ』というのがあります」

「そうなんですか……」

私はあらためて彼岸花を見た。

「身を投げた女の方のご主人って戦死されたのですよね」

「ビルマ……今は、ミャンマーですか、南の国で戦闘機乗りとして戦い、撃墜《げきつい》されたようです。遺体は見つかっていないと聞きました」

「……なんだか、彼岸花と同じで悲しいですね。せっかく奥さんの骨が見つかったかもしれないのに、一緒になれないなんて」

私は、ため息をついた。

「遺骨はともかく、一ツ木君なら、彼岸花の葉と花が一緒に出ているところを見せてくれるかもしれませんよ」

「えっ？　どういうことですか」

「まあ、それは、後ほど……」

そう言うと北室長は、穴に向かって再び手を合わせた。

遺骨の身元特定には、弟さんがご存命だったことが幸《さいわ》いした。検査結果が出るまでずいぶん時間がかかったが、やはり戦死されたパイロットの奥様だったことが確認されたのだ。

遺骨は、旦那様の代々のお墓に安置された。が、そこに旦那さんの遺骨はない。代わりに遺品が納められているという。

結局『葉見ず花見ず』なのだ。

それでも、旦那さんの一族、そして弟さん一家にちゃんと供養《くよう》されて、それなりに良かったなと思い始めていた。

一ツ木さんに関しては、あまり言いたくない。

結局あの日、一ツ木さんが乗った町役場の公用車は夕方まで帰ってこず、しかも翌日から三週間、事前の申し出もなく町役場を欠勤したのだ。

理由は、筋肉痛だとか。さらにその夜、風呂場でくしゃみをした途端にぎっくり腰になり、三週間ほとんど寝たきりだったそうだ。

当然、建設中の貯水池に行って線香をあげたり、手を合わせたりはしてないのだろうな。

「空き地のまわりに彼岸花がきれいに咲いてましたよ」三週間後、やっと出勤してきた一ツ木さんにしんみり教えてあげたのに、ものすごく不愉快そうな顔をされた。

「僕の前で当分その話はするな」だもの。

ただ、北室長が言っていた「葉と花が一緒に出ている彼岸花」の話は、すっかり忘れていた。この三週間、欠勤中の一ツ木さんに代わって北室長と私で仕事を分担していたし、小学校の運動会のお手伝いなどで、忙しい日が続いていたのだ。

「沢井さん」

北室長の呼びかけに、私はパソコンのモニターから目を上げた。

「はい？」

「沢井さん、今度の廃道の件は知っていますよね」

私は頷いた。

折からの財政難で、南予町では、町道の維持管理が難しくなっている。そこで近年、住民の消えた集落に通じる町道をいくつか廃道にしていた。そしてまた一つ町道が、今年度末を待たずに廃道になるのだ。

「その廃道が何か」

「あの道はずっと、小学六年生の秋の遠足に使われていました」

「そうなんですか」松山の小学校に通っていた私は知らないことだった。「それで？」

「もう役場で管理できなくなるので、来年からは、遠足には使えません。何か事故があるかもしれませんからね」

そうか……。

ずっと続いていた遠足の行き先が、別のところになってしまうんだ。今年の六年生と来年の六年生で、最後の遠足の思い出は違ったものになって、話が合わなくなるのかも。

「沢井さん、六年生と遠足に行ってみませんか」北室長が提案した。

「小学生と遠足ですか」

「はい。今回は最後ということで、一般の町民の参加も歓迎するそうです」

それはいいかもしれない。

代々ってことは、三崎紗菜さんやテッちゃんも行ったんだよね。

同じ経験をすれば、共通の話題なんかもできる。

「行きます」私は一ッ木さんの方を窺《うかが》った。「一ッ木さんも一緒に遠足しません？」

一ッ木さんは思いっきり不快そうに顔をしかめた。

「冗談じゃない。徒歩で行き二時間半、帰り二時間の山道だぞ。僕は肉体労働には絶対に向いてないって、この前悟《さと》ったからな」

？

この前って、ぎっくり腰になった時のことかな。

ともかく、こんな表情をした一ッ木さんに勧《すす》めても無駄なのは判っているから、それ以上何も言わなかった。

それにしても、小学校の遠足か……。十年以上前のことだけど、楽しかったな。

友だちとお弁当の交換をしたり、おやつ換えっこしたり……。あれ？　食べ物のことしか思い出さないぞ。えっと……、他には……おやつを何にするか友だちと相談したのは覚えているかな……。他には……お母さんにからあげをねだったとか……。うーん……。

遠足当日は、幸いなことに、すっかり秋晴れになった。

リュックサックを背負った私は、南予小学校の駐輪場にスクーターを駐めた。

集合場所に指定されている校庭に出た私は、びっくりした。

六年生は総勢十六人と聞いていたが、大人はその三倍以上——五十人近くいるのだった。

まさか、見送りの保護者？　と思ったが、みんなリュックサックやデイパックを背負っているところを見ると、一般の参加者なんだろう。

あ、テッちゃんもいる。

「おはよう、テッちゃん」

「おはよう。結衣ちゃんも参加するの？」

「うん。子どもの頃テッちゃんたちが経験した遠足に、私だけが行ったことないっていうのも悔しいからね」

私の言葉に、テッちゃんは笑った。

「それ、目的地に着いた時にも言えるかな」

「ひょっとして、きついとか」

「ほとんどずっと山道だからね」

私は、そこここで談笑している大人たちを見渡した。

「それでもたくさん参加するのね」

「今年が最後って話だからね」

テッちゃんは昔を思い出したのか軽く目を瞑《つむ》った。

「おはようございます」

声をかけられて振り返ると、三崎紗菜さんがいた。

ちゃんとしたトレッキングシューズに登山用のバックパックと、完全なアウトドア姿だ。紗菜さん、すっごい美人だから、そのままアウトドア用品メーカーのＣＭに出られるんじゃないかな。

でも、その姿を見て、普通のスニーカーを履《は》いてきた私は少し不安になった。

「あの……。やっぱり、今回の山道って相当、大変なのですか」

紗菜さんはにっこり笑った。

「うん……。日頃運動してなかったらそうかも」

ああ……、一ツ木さんが来ないわけだ。

それよりも、ぎっくり腰で寝たきりの一ツ木さんを世話してくれていたようで、お疲れ様でした、紗菜さん。

あ……。

あれ、本倉町長だよね。

いつものピンクのラメ入りスーツに革靴だから、まさか遠足に参加するわけじゃなくて、挨拶だけとかだよね……。

しかし、町長の足下にも、巨大なリュックサックが置いてある。

まさか……、まさかね。

しばらくすると、校舎から引率《いんそつ》の先生方と六年生が出てきた。

私は、忽那先生に軽く頭を下げた。

「さあ、みなさん。遠足を楽しみましょう」

本倉町長が小学生たちに声をかけた。

いや、町長が仕切る場面じゃないですよ。

先生方は苦笑しながら、遠足の注意点について児童たちに話している。

あれ？

いつの間にか、伊達町の副町長、葉山怜亜さんが、本倉町長の傍に立っていた。

葉山さんもアウトドア姿だ。

私に気づいたのか葉山さんは、にっこりと微笑《ほほえ》みかけてきた。

先生方の合図で、十六人の児童、そして、六十人近くに増えた大人たちが、出発した。

南予町ではちょっと見られない大名行列だよ。

大名行列と違うのは、本倉町長が露払《つゆはら》いよろしく先頭を切って歩いていることかな。むしろ隊列の真ん中で前後を大人たちに守られているのは、児童のみなさんだ。

私は、子どもたちの後をテッちゃんや紗菜さんと歩きながら、お喋りを楽しんだ。

でも、楽しくお喋りできていたのも、山道に入るまでだった。

ちょっとこの道……きつくない？

町道だけあって、確かに自動車が走れるくらいの最低限の幅は確保されている。しかしかなりの急勾配《こうばい》で、おまけに九十九折《つづらお》りになっているのだ。

「ずっとこんな感じ？」

私の心配に、テッちゃんは「そうだよ」とこともなげに言った。

紗菜さんはまだまだ平気そうで、息も乱れていない。

細い体に似合わず、けっこう鍛《きた》えているのかな。

私はと言えば、もう話す気力もなくなってきた。あたりは紅葉の真っ盛りで、最初は一本一本眺めていたのに……。

ふと、前方の道路脇に、見覚えのある巨大なリュックサックが置いてあるのに気付いた。通り過ぎる子どもたちが不審そうに眺めている。

これ、確か本倉町長の……。

本倉町長、担ぎきれなくて放置したんだな。

いったい何が入っているんだろ、この巨大なリュックサック……。

それからさらに三十分ほど歩くと、今度は本倉町長本人が道路脇に座り込んでいた。

「先に行って下さい」息も絶え絶えという声で、通り過ぎる人たちに手を振っている。

どうやら、一緒に登っていた葉山さんには見捨てられたらしい。

確か、私が推進室に配属されてすぐ、古い桜に導かれて古道を登った時にも、本倉町長は真っ先に音《ね》を上げていたな。なのに巨大なリュックサックを背負って山道に入るなんて、学習しないんだろうか、この人は……。

でも、私も人のことは言えない。そろそろリタイアしてしまいそうだ。

熱中症対策で差し挟まれる十五分の休憩のおかげで、なんとか登れているようなものだ。

「ここで、お昼ご飯です」前方から声が聞こえた。かなり遠くから聞こえたように感じたけれど、その声に励まされ、なんとか私も開けた草地に出た。

草地の中央に、町役場の公用車が停まっていた。運転席のドアの傍らに、人影がある。

一ツ木さんだった。

えっ……。

遠足なのに車に乗ってくるなんて、それ反則でしょ！

一ツ木さんは涼しい顔で、先に到着した葉山さんと何か話している。

その葉山さんに、一人の女の子が歩み寄り、ぺこりと頭を下げた。

「葉山のお姉さん、こんにちは」賢そうな女の子だった。

「あら、梶原《かじわら》さんちの由梨《ゆり》ちゃん、こんにちは」

「休憩所で祖母がお世話になっています。ありがとうございました。朝、お礼できずにすみません」

「お礼なんて。それよりお祖母様のご様子はいかが？」

休憩所とは、伊達町が松山市の県立中央病院近くに設けた施設のことだ。この近隣市町村には大きな総合病院がなく、病気によっては、松山や宇和島《うわじま》の病院に行くしかない。

南予町から松山まで行くのは遠いし大変だ。病院で診察の順番が回ってくるまで待たされ、帰りの公共交通機関でも便の数が少ないから待たされ、ひどく疲れる。

そこで伊達町は、病院のすぐ傍にあった空き家を借りて、休憩所を作った。同時に休憩所を発着するコミュニティーバスも走らせている。休憩所の運営は伊達町の職員がローテーションで対応しているが、葉山さんは副町長という重職にもかかわらず、しょっちゅう休憩所に顔を出しては、利用客にお茶を出したり、毛布を勧めたりしている。

きっと、梶原さんのお祖母さんもお世話になったのだろう。

女の子はもう一度頭を下げると、クラスメートの所に戻っていった。

「一ツ木さん、車で来るなんて酷《ひど》いですよ」

私は、葉山さんへの挨拶もそこそこに一ツ木さんに文句を言った。

「徒歩であれを持って登れっていうのか」

一ツ木さんは、公用車の荷室を顎で示した。商用バンの荷室は結構容量が大きい。中には、大型のパソコンみたいな機械が何台かと、段ボール箱が積んであった。

「本当にお疲れ様でした」忽那先生が、一ツ木さんにお礼を言っている。

「別に」一ツ木さんは、荷室に置いていた物干《ものほ》し竿《ざお》立てのような棒状の物を引っ張り出した。「それより、セッティングにはもう少し時間がかかります。子どもたちがお弁当を食べ終わる頃くらいには使えますが」

そう言うと、一ツ木さんは何やら作業に没頭し始めた。何をしているか気になったが、とても声をかけられない。

その時、とんとんと肩を叩かれた。

葉山さんだ。

「沢井さん、あと十分くらい歩く元気があるなら、つきあってくれない？」

私としては、とっととどこかに座り込んでお弁当を広げたかったのだが、にこやかな葉山さんの表情の裏側に、何か真剣なものを感じて、頷いた。

葉山さんの後について草地から延びる獣道を十分ほど歩くと、前方の景色が変わった。

どうやら、山頂部分の端まで来たようだ。

葉山さんが、指で眼下を指し示す。その先には、伊達町の全景があった。

そうだ。このあたりには、伊達町と南予町の境界線があるはずだ。

「見て。私の伊達町」

言われるまでもなく、私は、すっかり様変わりした伊達町に目を奪われていた。

伊達町は、南予町と同じく、もともとは農業を主体にした町だ。土地の殆《ほとん》どが田んぼや畑だった。ただ最近、ＪＲ駅周辺の再開発で、古い商店街が消えた。だが今、眼前に広がっているのは、巨大な更地だ。

入り組んでいたはずの農地は、巨大な正方形に、あるいは長方形に区切られている。右に左に走る建設重機が、さらにその区画を広げようとしていた。

「これは……」

葉山さんが、その一角を指さした。

「あそこには、設立間もないベンチャー系企業を支援する情報センターができる予定」葉山さんは指を動かした。「あそこは、高度な医療を提供する病院。こっちは、従来のカリキュラムに囚《とら》われない高度な教育を行なう小学校から大学までの一貫校」

葉山さんは誇らしげに笑みを浮かべた。

「伊達町が作るのですか。……それとも国が……」

「まさか。全部、民間企業ないし団体よ。呼び水は私たちが注いだけどね」

「私たちって、一ツ木さんが言っている『巨大な国の亡霊』……旧内務省ですか」

葉山さんは小首を傾《かし》げた。

「そうかもね。内務省が解体された時、各省に散っていた官僚たちは、再結集を誓った。官僚こそ国家を運営すべきだからだって。表面からは見えないけれど、そうした宿願《しゅくがん》は、意識するにせよしないにせよ今の官僚の心の奥底に流れているのかも。でも、別に内務省を復活させたいなんて思ってないわ。志《こころざし》ある官僚が、省庁の壁を越えて密かに協力しあっているだけ」

「今回の国の補助金も、その……」

「そう。補助金を得た自治体には、派手に失敗してもらうけどね」

「みんな失敗しますか」

「あなた、本倉町長の提案書、見たでしょ。他の自治体の案も程度の差こそあれ、似たようなもの。だいたい、成功する事業なんて、鵜《う》の目鷹《たか》の目で狙っている私企業がとっくに始めていると思わない？　そんな市場競争を経験したことのない自治体が、たった一年しか期間を与えられずに、どんなことをするかしら。すごく楽しみ」

葉山さんはうっすらと笑った。私の背に、冷たいものが走った。

「そして、失敗させてどうするのですか」

「昔『ふるさと創生』とかで自治体にお金をばら撒いたけれど、殆どが失敗した。その時は世の中バブルという時代の中だったから、間抜けなハコモノやオブジェなんかの失敗例も笑い話くらいにしかならなかったけど、今はどうかしら。馬鹿な事業を行なった自治体はマスコミに徹底的に叩かれるでしょうね。そして、国民は今の自治体に対して完全に失望する。いや、私たちが情報を提供して失望させるの」

「それからは……」

「もともと、小さな自治体だから、そうした新しい時代に向かってのプランニングができないのだと世論《せろん》を誘導する。そして、平成の大合併以上の統合に持っていくつもり」

「一ツ木さんから聞いたことがあります。愛媛だと最終的三つの市に……ですか」

「そう。見事に言い当てている。だから、一ツ木君は、南予町が合併に飲み込まれないように、応募案の全てを潰《つぶ》した」

「一ツ木さんは、その補助金をどう使うつもりだったのですか。見当はついているって、葉山さんは言ってましたが」

「一ツ木君は、補助金を国に突っ返すつもりだった。おそらく補助金に対しての辛辣《しんらつ》な批判の公開と一緒に」

私はやっと、一ツ木さんがやってきたことを理解した。

「だから、葉山さんは忽那先生の案を後押ししたのですね」

「そう。一ツ木君にそんな使わせ方はしない。南予町にも他の市町にも消えてもらう」

「そんな……」

私がうろたえていると、葉山さんは肩をすくめた。

「沢井さん、最も効率的に日本が生き残っていくためにどうすべきかを論理的に考えるとそういう結果になるの。……私がなぜ、この遠足に参加したか判《わか》る？」

私は、急な話の展開に驚いた。

「どうしてですか」

「一つは、私の考えていることが正しいか、実感するため」

葉山さんは振り返った。つられて私も振り返る。

「あ……。南予町も……」

丁度《ちょうど》、境界線上の山の端にいるだけあって、反対側には南予町が見えた。

「今頃みんながお弁当を広げている場所があったでしょ。あそこは昔、集落があったところなの。南予町の中心部から一番離れた集落。来るのにどのくらい時間がかかった？」

「二時間半くらいですか」

「車を使えば、二時間半でどこまで行けるのかしら。乗り換え時間を考えなければ、松山空港まで行って、東京まで行けるかな。なのに平成の大合併があったといっても、自治体の基本は明治時代に作られた都道府県・市町村とそんなに変わってない。いえ、むしろ江戸時代には県南部の全部が宇和島藩だったのだから、時代に逆行すらしている」

葉山さんの言葉についていけず、私の頭は混乱した。

「それで、葉山さんたちはどうしたいのですか」

「さっき言ったでしょう。全国の市町村を大きく合併させる。例えば四国だと、愛媛は三市、香川は二市、徳島と高知は、全県で一市にする。そして、それを束ねるのは四国州」

「旧内務省が進めようとした道州制ですか」

　葉山さんは頷いた。

「そう。日本を九つの州、八十程度の市にする。でも今、議論されているような中途半端な道州制じゃないわよ。国が担当するのは外交、安全保障くらい。他のほとんどの権限は州に渡す。税制も通貨発行権も。四国円なんて素敵じゃない？　もちろん以前流行《はや》った地域通貨とかとは違う。日本円との為替《かわせ》相場もあるちゃんとした通貨。民間もそう。例えばテレビのキー局は全部東京にあるけど、強制的に各州に振り分けさせる。それからは、各州間で競争するようになるわね」

「競争するといいことがあるのですか」

「そうね。例えば、優秀な人材を活用して州を発展させようとする州は、州立大学の授業料を無料にするでしょうね。大学院生にはちゃんと給料を払う。新しい産業を興《おこ》したい州は、起業家を支援するシステムを作るでしょう。そうしたことをするためにも、州は最適なサイズなの」

「でも……でも、そんなことができるのですか」

「すぐには無理、でもこれから二十年くらいかけて進めていくつもり。それで、私たちは各州の中核都市となるべき地に出向したの。今回の補助金はそうした市町がある広域行政組合に属する自治体に交付されたわ」

「それで、葉山さんたちが出向した市町以外の自治体を失敗させる……」

葉山さんはにこりと笑った。

「成功した自治体の発言力は組合内で高まると思わない？　まあ、そんなことをしなくても私は、こちらの広域行政組合は掌握《しょうあく》したつもりだけど」

葉山さんの言葉に嘘《うそ》はないと思う。

今までの実績が証明している。

葉山さんは、再び伊達町の方を指さした。

「伊達町は将来、四国州の州都になる」

えっ⁉

「松山や、高松を差し置いてですか？」

「別に人口や産業規模で勝てるとは思ってないわよ。むしろ逆。ただ道州制を導入するだけなら、既存の県庁所在地同士で州都獲得競争になって決まらない。だから逆に、小さくても発展の実績と伸びしろがある都市を選ぶ……って流れにする」

葉山さんの言っていることは、あまりに荒唐無稽《こうとうむけい》であるような気がした。しかし、あの一ツ木さんですら、いまや葉山さんたちの計画が最適だと考えているらしい。

「……それで、南予町みたいな田舎《いなか》はどうなるのですか」

「この前、言ったはずだけど。私は日本から田舎を消したいって」

「南予町をなくすのですか」

「そうよ」

葉山さんはこともなげに言った。

「……住んでいる人は……今、住んでいる人はどうするのですか」

「伊達町……多分そのころは、州都伊達市になっている……から通えばいいのよ。会社員が会社に通勤するように、農家は農地に、漁師は漁港に。このあたりだと、住人は伊達市、八幡浜《やわたはま》市、宇和島市の地区に集住してもらうことになるわね」

「そんなことできないです」

「やらなくちゃいけないのよ。これから日本の生産人口はどんどん減少する。なのに大都市ですら、老朽化《ろうきゆうか》する基幹インフラの修理もままならなくなっている。道路、上下水道、電気……挙げたらきりがない。沢井さん自身、たった今、来年度から廃道になる道を歩いてきたばかりじゃない」

葉山さんの言葉に私は反論できなかった。

「そんなことをどうして私に……」とだけ呟くのが精一杯だった。

「ここに来たもう一つの目的は、あなたに私の側に来て欲しいと思ったから」

「私に⁉」

「そんなにびっくりした顔をしないでよ。この前にも言ったでしょ。私は、二十年後、四国州の州知事になる。これは、私だけの勝手な思い込みじゃない。一ツ木君が言う『巨大な国の亡霊』の計画。そのころには、さっきの梶原さんちの由梨ちゃんなんかが、私の選挙の熱心な運動員になってくれる。そう思わない？　ともかく、その時まで、私を支えて。あなたなら副知事になれると思う」

私は驚きのあまり息を呑んだ。

黙り込んだ私の顔をじっと見ていた葉山さんは、にっこりと笑った。

「沢井さんは、ずいぶん自己評価が低いのね。私は、伊達町に来てから広域行政組合に属する自治体のことをずいぶん調べた。最初、私たちの計画の障害になるのは、一ツ木君だと思っていたけど、北室長もそうとうの狸だと警戒した。でも、一ツ木君が考えることは、だいたい想像がつくし、北室長がされていることは、私たちと一致する部分が多い。推進室から警戒を解こうと思った時、あなたが目に入った」

「私がですか？」

「そう。前の町長は、これから厳しい状況になる南予町をなんとかしようと、推進室を作り、北さんを室長に据え、一ツ木君を招いたのでしょう。でも、多分、それでは足りない。前町長は、北室長や一ツ木君とは違う可能性を見つけさせるためにあなたを推進室に入れた……」

「一ツ木さんもそんなことを言ってましたが、それ、買いかぶりです。その時、私、役場に入ったばかりの新人ですし、前の町長とはほとんど話もしたことないです」

「前町長、人を見る目があったようね。そのあとのあなたの実績がそれを証明している。あなたは、何が住民のためになるか自分自身の頭で必死で考えているように見える。結果として、あなたは、本倉町長や議会、そして、消防団を動かした。この前の駕籠なんかもそう」

「それは、みんなが助けてくれただけで……」

「人は、自分を思ってくれる人を助けるし、信用できる人、共感できる人に協力する。自覚していないかもしれないけど、あなたは、自分自身の人柄と才能で推進室だけでなく、議会も役場も消防団も握ったの。私は、そんなあなたが欲しい」

「一ツ木さんとかじゃなくて？」

葉山さんは肩をすくめた。

「一ツ木君は、頭だけは私より良いって、中学校で出会って以来、思い知っている。でも、あの人は立場が違う」

「南予町を存続させるというゲームをしているからですか」

「ゲームねえ……」葉山さんは首を傾げてみせた。「最近、骨が出た貯水池のことは、当然知ってるわよね」

「はい」

「あれ、推進室の北室長がずっと県に働きかけていて、ようやく実現した事業なの。県庁にいる友人に頼んで、県に出された陳情書《ちんじょうしょ》を読んでみたら、ものすごく緻密《ちみつ》だった。これは一ツ木君が書いたものだと一目で判った。愛媛県も他県の例に漏《も》れず財政的には苦しい状況だけど、それをあの二人は動かしたのね。ただ、貯水池を作ったところで、効果は薄いと私は思っている。だから、あの二人の本当の目的は、見つかった人骨にあったんじゃないかと私は見ている。それはともかく、あの冷淡《れいたん》な一ツ木君が、もう何年も南予町の存続のために働いている」

冷淡？

確かに一ツ木さんは、変人で狭量《きょうりょう》で傲慢《ごうまん》で傍若無人《ぼうじゃくぶじん》で面倒くさがりだけど、冷淡という表現は当たらないような気がする。

「一ツ木さんが冷淡ですか」

「中学で出会ってから大学までそう。南予町で再会して、変わりようにびっくりしたわ。もう、必死で南予町存続のために働いていた」

えっ？

何か、一ツ木さん像が、私と葉山さんとではずいぶん違っているような。

「一ツ木さんが、必死ですか？」

「そうよ。昔の一ツ木君からは想像もつかない。そういえば一ツ木君から聞いたのだけど、アメリカにいた時、南予町の前町長に助けられたとか」

「はい。その話は聞いています。前町長が町議会議員で、一ツ木さんが大学生の時のことですよね」

「その時、一ツ木君は、前町長に誰の姿を重ねて見たのかしら。前町長の死後、まるで父の遺志を継いだ息子のように、この南予町を残そうとしているようにしか見えない。私の行動が父親を失ったことに対する私怨《しえん》だなんて、よく言えたものだわ」葉山さんは再び、南予町を指さした。「ともかく、北室長、一ツ木君、そして沢井さん……、その三人が南予町のために働いているというのに、何が変わったの？　古い空き家が何軒か再利用され、あるいは取り壊され、ちっぽけな貯水池ができるくらいじゃない」

そうじゃない！

そう言いたかったが、言葉は口から出せなかった。

ただ、俯《うつむ》いて、自分の足下を見るだけだった。

「だから私の側に来て。……私の言ったこと忘れないでね」葉山さんは屈託《くったく》のない笑みを浮かべた。「それより、そろそろみんなの所に戻りましょう。お弁当を食べる時間がなくなってしまう」

葉山さんは、先に下っていく。

「そうじゃない。そうじゃない」

私は心のなかで繰り返しながら、葉山さんの後についていった。

草地に戻った私は、子供たちの姿にびっくりした。

大きな眼鏡みたいなものを掛けて、あたりを見回していたのだ。「すごい」「すごい」と口々に言いながら、何もない空間に手を伸ばしている。

「みんな何しているんですか」

腕を組んで公用車に背を預けている一ツ木さんも、同じ物を身につけている。

「これ、眼鏡型のディスプレイなんだ。バーチャルリアリティを体験するゲームなんかで、ヘッドマウントディスプレイを使うだろ。荷室に積んである情報処理装置を含め、今回の補助金で忽那先生が導入した」

一ツ木さんはそう言うと、公用車の荷台に積んだ段ボール箱の中から同じディスプレイを出し、私に渡した。

その眼鏡型ディスプレイをつけた私は驚いた。

今までは何もない原っぱだと思っていた場所に、彼岸花が群生している。

「これは？」

「このあたり……というか、登ってきたこの道の至るところに、彼岸花が咲いていたんだ。ここは、その中でも一番の見所だ。だが、あの道が廃道になると危険で入れなくなる。土砂崩れでも起きれば、もう来ることは困難だろう。忽那先生はそれを惜《お》しんで、秋の初め、満開の時に、僕に撮影を依頼した。いまディスプレイで見せている映像は、僕が撮影したものなんだ。ネット上の地図サービスで見られるストリートビューの精密版ってところかな」

私は、美しく咲き誇っている彼岸花に手をやった。

しかし、手は、彼岸花を突き抜ける。

「触れないのですか」

「当たり前だ。彼岸花の花の部分は、二ヶ月近く前のものだ。それぞれの眼鏡型ディスプレイの位置情報を、四方に立てたアンテナで読み取って、車に積んだ情報処理装置に飛ばす。情報処理装置は、二ヶ月前の三次元映像データと、現在の光景とを重ね合わせ、各ディスプレイに送信している」

ああ、さっき見た物干し竿立てみたいなものって、アンテナだったんだ……。

私は、紅葉を見た。

一つの枝に赤い葉とみずみずしい緑の葉が混在している。

今の葉と、二ヶ月前の葉だ。

「最近の技術はすごいですね」

一ツ木さんは、私には何か理解できない言葉──『プライオリティ処理』とか『画像からの撮影者の自動排除』とかの技術を説明してくれたが、何より撮影するのが大変だったのは判った。

なんでも、螺旋《らせん》状に上昇回転しながら周囲の風景を撮影する特殊なカメラを、一メートルずつ動かさなくてはならなかったらしい。

ということは、この草地、三十メートル四方はあるから、えっと……九百回以上も動かしたんだ……。

「あの……、そのカメラって……」

一ッ木さんは、おもいっきり苦い顔をした。

「重さは二十キロもある。おかげで翌日筋肉痛になるわ、浴室でくしゃみをしたらぎっくり腰になるわ、散々だった」

「はあ……」

ふと、私は思い出した。

貯水池の掘削現場で遺骨が見つかった日、一ッ木さんは公用車を使うって言って出ていった。「翌日から秋雨前線が停滞するから」と言っていたのは、満開の彼岸花を撮影するチャンスが、晴れていたその日しかなかったからなんだ。

私は、しゃがみ込んだ。

改めて、彼岸花の咲き誇る光景を見た。

ふと、花を中心にして四方に広がる細い葉に気づいた。

ディスプレイを外すと、花は消えたが、葉は残っている。

その葉をそっと撫でた。

「これが、彼岸花の葉なんですね」

「そうだよ」

私は再び、ディスプレイをかけた。

花と葉が一緒に見えた。

――一ツ木君なら、彼岸花の葉と花が一緒に出ているところを見せてくれるかもしれませんよ。

そういえば、北室長がそんなことを言っていた。一ツ木さんがぎっくり腰になったおかげで業務に忙殺《ぼうさつ》され、すっかり忘れていたが、そういうことだったんだ。

「すごいよ、見てみて」子供たちからディスプレイを渡された大人たちも、目の前に広がる光景に歓声を上げている。

忽那先生が声を上げた。

「この機械を導入するのに、こちらの葉山さんがずいぶんと尽力《じんりょく》してくださいました。みんなでお礼を言いましょう」

「ありがとうございました」子どもたちは、葉山さんに頭を下げている。

「いえいえ。みなさんのためになったのなら、私も嬉しいです」

葉山さんは満面の笑みで手を振った。

その姿を一ツ木さんは渋い表情で見つめた。

「沢井さんは、推進室に来た頃、古道で見た桜を覚えている?」

「はい。ソメイヨシノでしたよね」

「そうだ。ソメイヨシノと彼岸花は似たところがある」

似たところ？

考えてみたが、さっぱり判らない。

「何が似ているのですか」

「ソメイヨシノは人工的に作られた栽培品種だ。自然に増えたりはしない。山桜なんかとは違って、必ず苗木を植えた人がいる」

「そうでしたね」

「実は、日本の彼岸花は、中国なんかの彼岸花と違って、種をつけないんだ」

「えっ？　じゃあ、どうやって増えるんですか」

「地下にある鱗茎《りんけい》で増える」

「その『りんけい』って球根みたいなものですか」

「まあ、似たようなものだ。ともかく今、全国で彼岸花が見られるが、それはつまり、人が移植を繰り返して広がっていったからなんだ」

「彼岸花の球根って、毒があるって聞いたことがあります」

「リコリンという毒だな。名前は可愛《かわい》らしいが、食べると嘔吐《おうと》を繰り返し、時に死に至る」

「それで昔、水田を荒らすモグラ避けに使ったとか、飢餓《きが》になった時のために植えて、いざとなったら水でさらして毒抜きして食べたとか聞いたことがあります。だから方々に植えられたのでしょうか」

一ツ木さんは首を振った。

「どうかな。モグラの主食は昆虫やミミズだから、彼岸花の鱗茎なんか食べないし、いくら水で毒が抜けるといっても、飢餓状態で弱った体で食べたら極めて危険だ。飢餓食にするなら、稗《ひえ》や粟《あわ》を植えるだろう」

「じゃあ、なぜ彼岸花を？」

「さあね。それよりも、帰るときに周りを見てみろよ。日当たりのいい場所には必ずといっていいほど彼岸花が植えてある。上り下りだけでも大変な道なのに。誰がどんな思いで植えたのか、考えてみたらどうかな」

そう言うと、一ツ木さんは再び腕を組み、目を瞑った。

家に帰って風呂から出た私は、テレビを見ながら、疲れた足をマッサージしていた。

遠足の帰り道、一ツ木さんの言った通り、いたるところに彼岸花の葉を見つけた。

途中、本倉町長の姿も町長の巨大リュックサックもなかったから、きっと、途中で諦《あきら》めて帰ったのだろう。

ただ、私の頭の中では、葉山さんが言った言葉が繰り返し響いている。

推進室には北室長や一ツ木さんがいて、一所懸命《いっしょけんめい》に南予町の存続のために働いているのに、変わったのは確かに、古い空き家が何軒か再利用されたり、更地になったり、そして、ちっぽけな貯水池ができるくらいだった。

「そうじゃない」って言いたかったけど、言えなかった。

見ていたテレビが、夜のニュース番組になった。

何番目かのニュースを見て、私は、息が止まりそうになった。

ミャンマーの山奥の池の底で、飛行機の残骸《ざんがい》らしいものが見つかったというのだ。現地の子どもが池で遊んでいて見つけたらしい。

その残骸の写真を鑑定した専門家は、日本の戦闘機、隼のものだと断定したようだ。政府は、調査と機体の引き揚げのためのチームをミャンマーに送ることになった。もし残っていれば遺骨の回収もするらしい。

……彼岸花の花と葉を一緒に見た日に……偶然？……

偶然なのだろう。

それに、隼といっても、ミャンマーでは激しい空中戦でたくさん墜《お》ちたらしい。

貯水池の掘り直しで見つかった遺骨の女性の旦那さんが乗っていた機体とは限らない。

でも、なぜか私は、見つかったのは女性の旦那さんと一緒に眠っている隼だと、確信に近いものを持った。

……もしそうなら、二人は南予町のお墓で一緒に眠れるかもしれない……

私は、静かに息を吐いた。

……葉山さん、北さんや一ツ木さんは、ちっぽけな貯水池を掘っただけじゃない……

私は「そうじゃないよ」と呟いた。

初出

十七本目の鍵　小説ＮＯＮ　令和元年六月号
判りやすい人　小説ＮＯＮ　令和元年八月号
恩師の秘密　小説ＮＯＮ　令和元年十二月号
島から来た少女　小説ＮＯＮ　令和二年二月号
ちょっとした意趣返し　小説ＮＯＮ　令和二年四月号
駕籠に乗る者　小説ＮＯＮ　令和二年七月号
古道へとなる道　書下ろし

明日に架ける道

一〇〇字書評

切・り・取・り・線

購買動機（新聞、雑誌名を記入するか、あるいは○をつけてください）	
□（　　　　　　　　　）の広告を見て	
□（　　　　　　　　　）の書評を見て	
□ 知人のすすめで	□ タイトルに惹かれて
□ カバーが良かったから	□ 内容が面白そうだから
□ 好きな作家だから	□ 好きな分野の本だから

・最近、最も感銘を受けた作品名をお書き下さい

・あなたのお好きな作家名をお書き下さい

・その他、ご要望がありましたらお書き下さい

住所	〒				
氏名		職業		年齢	
Eメール	※携帯には配信できません	新刊情報等のメール配信を 希望する・しない			

この本の感想を、編集部までお寄せいただけたらありがたく存じます。今後の企画の参考にさせていただきます。Eメールでも結構です。

いただいた「一〇〇字書評」は、新聞・雑誌等に紹介させていただくことがあります。その場合はお礼として特製図書カードを差し上げます。

前ページの原稿用紙に書評をお書きの上、切り取り、左記までお送り下さい。宛先の住所は不要です。

なお、ご記入いただいたお名前、ご住所等は、書評紹介の事前了解、謝礼のお届けのためだけに利用し、そのほかの目的のために利用することはありません。

〒一〇一－八七〇一
祥伝社文庫編集長　坂口芳和
電話　〇三（三二六五）二〇八〇

祥伝社ホームページの「ブックレビュー」からも、書き込めます。

www.shodensha.co.jp/bookreview

祥伝社文庫

明日《あす》に架《か》ける道《みち》　崖《がけ》っぷち町役場《まちやくば》

令和 3 年 2 月 20 日　初版第 1 刷発行

著　者　川崎草志《かわさきそうし》
発行者　辻　浩明
発行所　祥伝社《しょうでんしゃ》
東京都千代田区神田神保町 3-3
〒 101-8701
電話　03（3265）2081（販売部）
電話　03（3265）2080（編集部）
電話　03（3265）3622（業務部）
www.shodensha.co.jp
印刷所　萩原印刷
製本所　ナショナル製本
カバーフォーマットデザイン　芥 陽子

Printed in Japan ©2021, Soushi Kawasaki ISBN978-4-396-34708-6 C0193